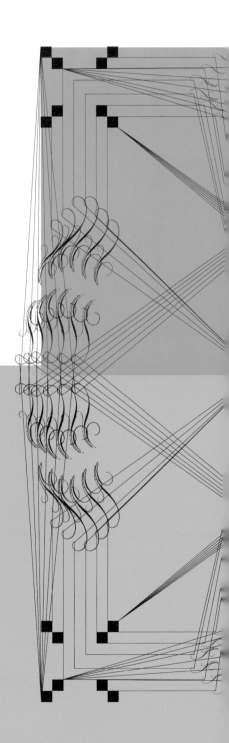

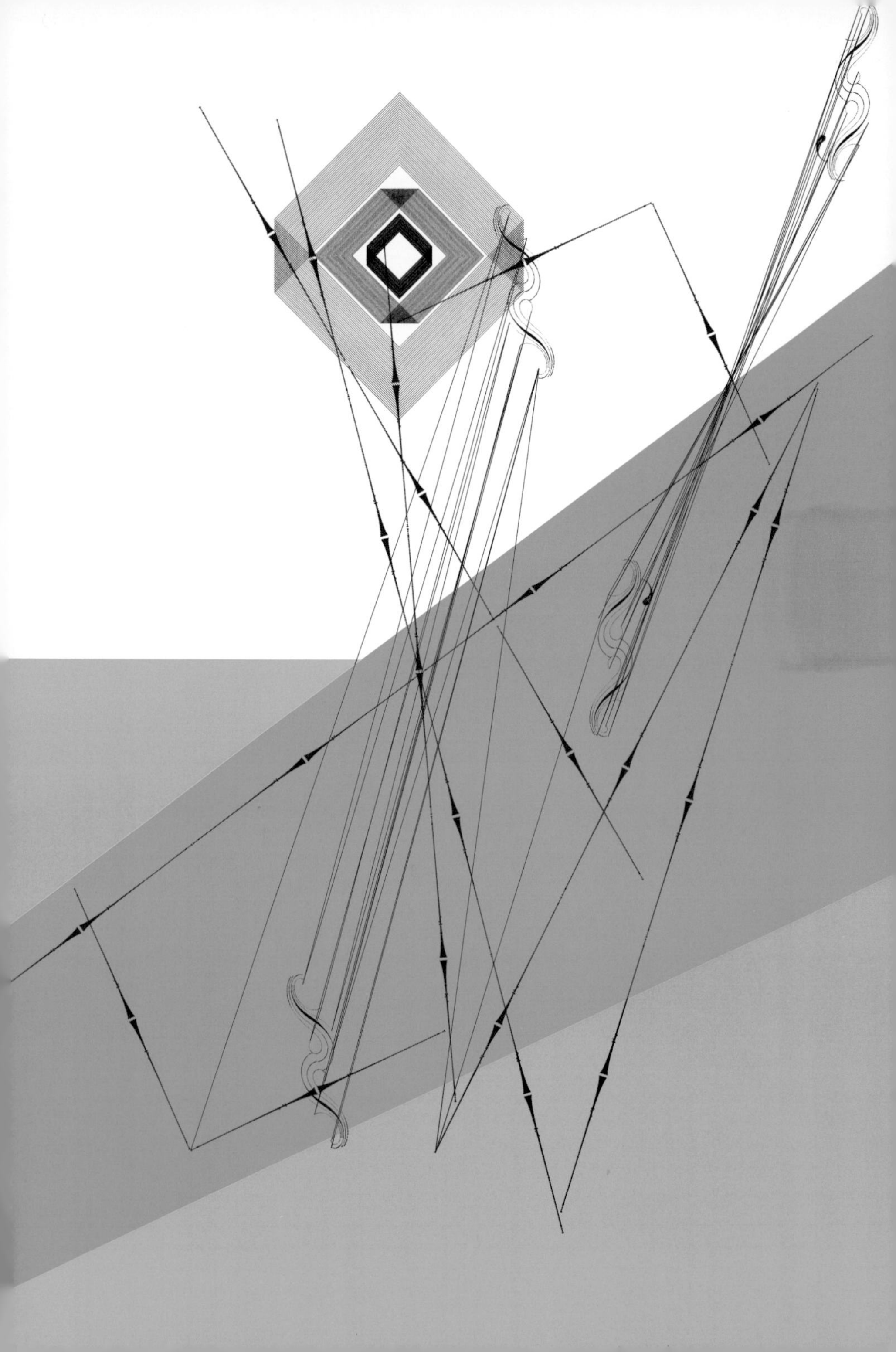

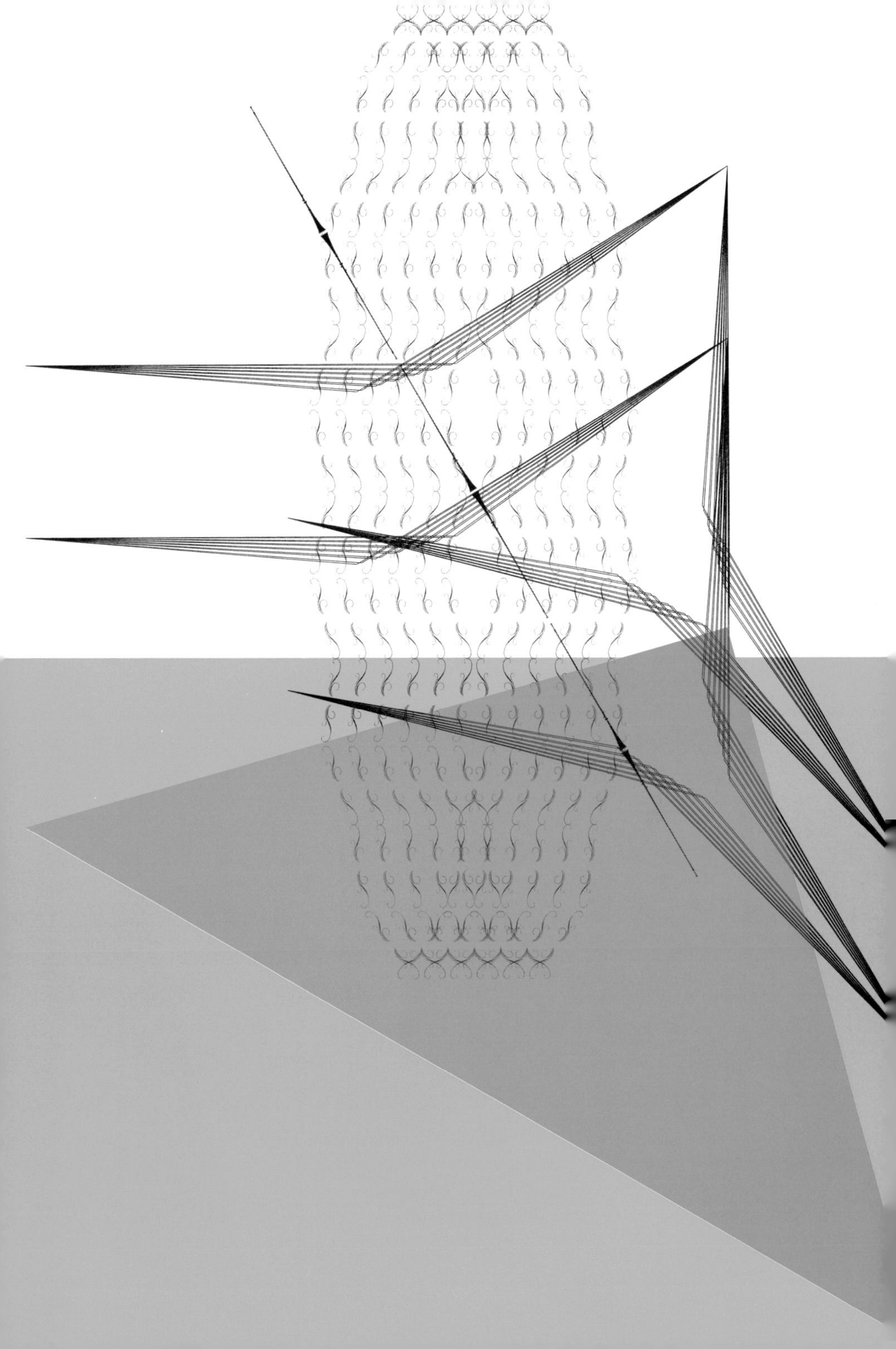

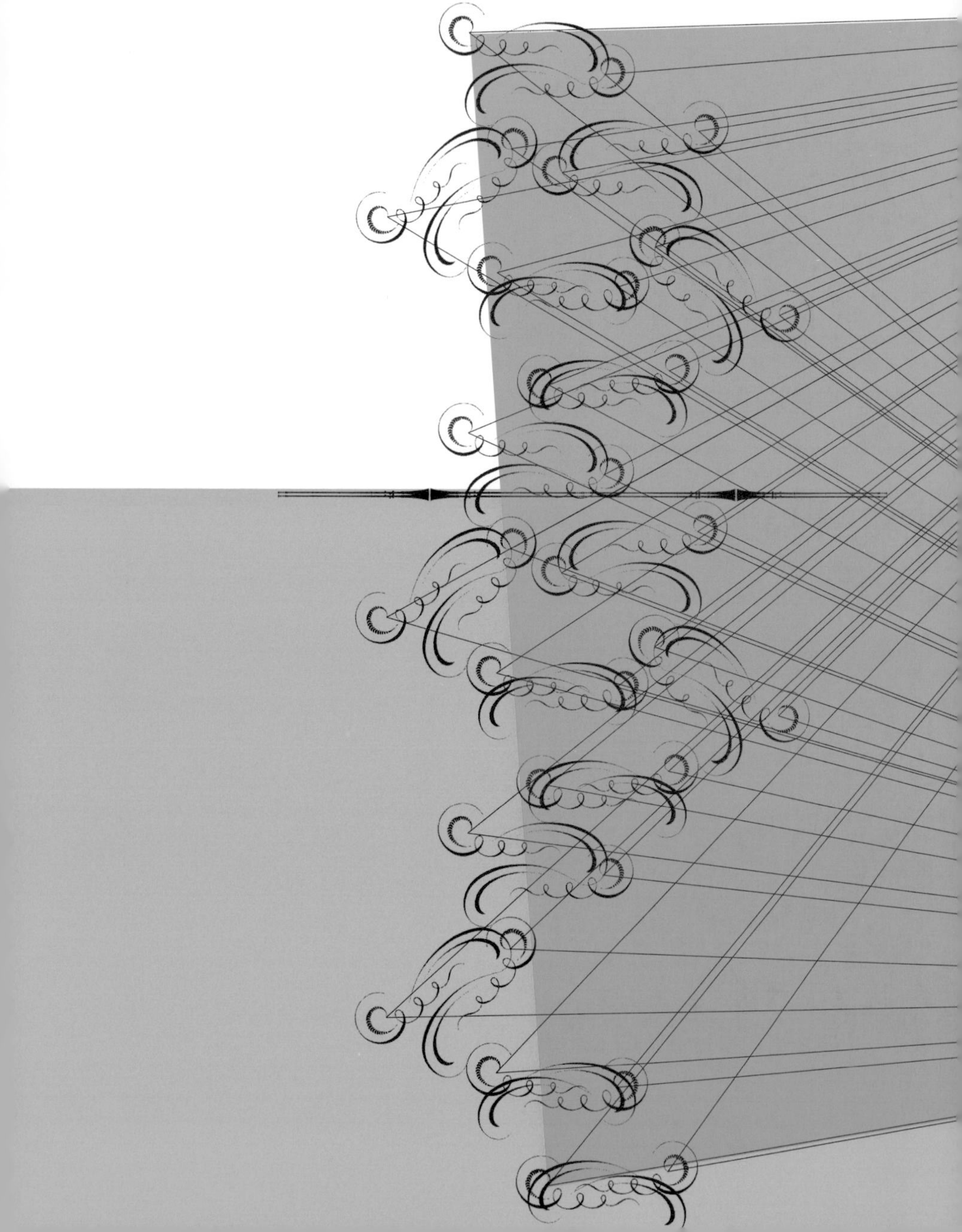

А. С. ПУШКИН: ПОВЕСТИ И РОМАНЫ

ПИКОВАЯ ДАМА

普希金小說集　A. C. ПУШКИН: ПОВЕСТИ И РОМАНЫ

1834

黑桃皇后　ПИКОВАЯ ДАМА

俄　亞歷山大·普希金　著

宋雲森　譯

啟明出版

目錄

叛逆與忠實——宋雲森教授新作推薦序

蘇淑燕

淡江大學俄文系副教授兼系主任

文學翻譯是個很廣的概念，文學創作可以說是一種翻譯，是作家對現實、生活、自然的翻譯；讀者的閱讀也是一種翻譯行為，不同時代、不同品味的讀者對作品的閱讀、理解、接受和闡述，就是翻譯。美國文學理論家米樂（J. H. Miller）就以自己的狀況來說明，閱讀（用原文閱讀文學作品）是一種翻譯：「雖然我閱讀的是布雷和德希達的原文，卻把他們『翻譯』成我自己的用語，以利於在特定的美國大學的脈絡中來教英美文學或寫文章討論英美文學。」[1]

如果文學創作、閱讀都是翻譯，那翻譯家從事文學作品翻譯，字斟句酌，就是最重要的翻譯行為。魯迅既是作家也是翻譯家，他的全集中有十冊都是翻譯作品，他曾說：「翻譯並不比隨便的創作容易。」[2]；巴瑞斯（J. Paris）更為激進，認為譯作有時比創作更艱難，同時還可能優於原作：「在作者來講可能只是靈光一閃……，而譯者卻要竭其心智和感性去追求。……譯者必須在多種可能的（表現方式中）擇選一個來概括其餘，這其間便很可能使譯作優於原作，更具啟示性、更接近原來的理念。……」[3]

但文學翻譯在台灣一路走來篳路藍縷，翻譯所得微薄，譯文不受重視，很少人可以單靠翻譯維生。如果不小心翻譯作品紅了，紅的是原著作者，而不是譯者。有幾位記得《哈利波特》的譯者是誰？但是你卻很清楚知道J.K. 羅琳的生平、電影裡的男女主角名字。你可能認識村上春樹，用中文閱讀過他的《海邊的卡夫卡》、短篇小說集《遇見100%的女孩》、《螢火蟲》，卻鮮少有人知道其作品有哪些譯者或譯本？盧基揚年科的巡者系列在台灣大紅，卻沒人關心譯者是誰。台灣很少人將譯本視為文學的再創作，或是文學作品，除非作家本身從事翻譯工作（譬如楊牧、余光中、胡品清、鍾肇政、李昂、劉墉、簡媜等人），他們的譯本方才受到重視。我們也沒有翻譯文學的概念（將譯本視為一種獨立存在的文學文本），好像翻譯家的責任就只是忠實地傳達原作的意義，除此之外，再無其他。譯者的視野和對作品的

1 米樂，《跨越邊界：翻譯、文學、批評》（單德興編譯），台北：書林，民八四，頁二一。
2 魯迅，《魯迅語錄——談文論藝》（陳漱渝編），台北：天元，一九八九，頁一七四。
3 轉引自：彭鏡禧，《摸象——文學翻譯評論集》，台北：書林，一九九七，頁六。

態度不該出現在他的譯本中，他本身應該是透明、不添自我思想的存在。這大概就是我們長期對文學翻譯的看法，和對翻譯者的歧視。這種看法重重壓抑了台灣學界對翻譯的意願，大家寧可埋首於研究、教學，也不願意花時間從事文學翻譯，一個吃力不討好，又賺不了錢之事。但是在德法美俄日等國，莫不將文學翻譯視作文學研究對象[4]，學術界和大學實務工作對翻譯異常重視，例如莫斯科大學的比較文學系和研究所課表，將翻譯理論、翻譯史、翻譯流派、比較不同譯本視為比較文學之重要工作，相較之下，台灣對翻譯的重視程度實在是天差地遠。

宋雲森教授明知文學翻譯之孤獨、文學翻譯之不受重視，仍在退休之際，投向了這個苦差事。他花了兩年時間譯成四本普希金大作：《杜勃羅夫斯基》、《別爾金小說集》、《黑桃皇后》和《上尉的女兒》，向國人推薦俄國人最喜歡的大文豪普希金。我曾問過他，這樣的翻譯工作辛苦嗎？他告訴我，慢條斯理的翻譯工作讓他與普希金更為接近，更為契合，彷彿靜靜的閱讀，才可以貼近普希金的心靈。「那種感覺很奇妙。教了幾十年俄語，讀了一輩子俄國文學，過去卻從未有這種體驗。過去為了學位、為了工作、升等、稿債而閱讀、而動筆。現在為的只是喜歡，卻發現文學具有更深沉、更開闊、更跨越時空的偉大能量。這是我做翻譯的最大收穫。」至於稿酬？他揮手一笑：「真的很微薄。」這樣不為稿酬，只為興趣而翻譯，就是宋教授的工作動力。而經過他細細品嚐後的文學之美，全在他的譯本中傳達出來。如果你仔細地、慢慢地閱讀，不疾不徐，就可以發現那種深沉、開闊的文學力量，和那醉人的典雅，如同飲了一杯美酒，醉人而芳香。

這四本作品的原作者普希金是俄國最偉大的詩人，一生中散文作品不多，他最偉大的傑作都是詩歌，被譽為俄國詩歌中的太陽、俄國文學之父，他的文學光環也在於此。但是普希金的散文作品文采優美，簡潔有力，樸素自然，被認為表現和展示了俄文的優美和典雅，是不可多得的佳品。

四篇譯作中，《別爾金小說集》是普希金第一個完成的散文作品，此書寫於一八三〇年，創作時間並不長，約莫一個半月，從九月九日到十月二十日，內容包含五則短篇：〈棺材匠〉（九月九日）、〈驛站長〉（九月十四日）、〈小姐與村姑〉（九月二十日）、〈射擊〉（十月十四日）、〈暴風雪〉（十月二十日）。不過《別爾金小說集》編排上的先後順序，並不是按照成書先後，而是作家自行決定，依序為：〈射擊〉、〈暴風雪〉、〈棺材匠〉、〈驛站長〉、〈小

4 「從創作觀點和學術觀點的方面看來，現在是把翻譯當做文學研究的一個重要部分的時候了。」——出自：許爾特（R.Schulte）〈西方的文學翻譯〉，《外國翻譯理論評介文集》，中國對外翻譯出版公司，一九八三，頁一一四。

姐與村姑〉。至於詩人為何作此安排，眾說紛紜，並無定見。譬如，俄國評論家亞力山大・別雷（Александр Белый）認為普希金將首先寫好的〈棺材匠〉放在第三篇，剛好是五篇之中。「放在中間位置是為了隱藏此篇是其它幾篇小說的起源。……第三個故事對讀者來說是最重要的，……它是開啟所有其它故事的鑰匙，這個故事強調的是良心，……而整個《別爾金小說集》就是圍繞在人類良心存在與否的討論。」[5]不論作者原本意欲為何，小說集的收錄順序卻一直延用至今。

五則短篇故事中，最有名、影響力最大的是《驛站長》，小說敘述某個小站的驛站長，經常受來往大官的呼來喚去和任意斥喝，唯一的心靈寄託是他美麗又貼心的女兒，杜尼婭（Дуня），但是杜尼婭卻被路過的有錢驃騎兵所拐，到了彼得堡當他的情婦。驛站長為此千里尋女，徒步走到彼得堡，期待能找回被愛情沖昏頭的女兒。但是在彼得堡他遭到驃騎兵難堪侮辱，只能傷心離去。回來工作崗位的驛站長，失去所有生活目標，開始酗酒，很快就死了。故事用第三人稱的角度，淡淡地敘述了驛站長的轉變：從充滿精力的壯年人，到一蹶不振的老頭，和他一輩子的屈辱。小說的敘述口吻沒有呼天搶地的哀號，只有淡淡的悲愁和輕輕的哀嘆。

這個故事塑造了俄國小人物的一個新典型：小官吏的悲歡離合。在歐美或中國文學，小人物通常指的是社會底層，譬如妓女、窮人、流浪漢、農夫等等，但是俄國的小人物，卻是從小官吏開始。台灣讀者大概很難將小官吏和小人物聯結起來，對我們來說，不管是多小官階的公務員，都是大家擠破頭想當的好差事，摔不破的鐵飯碗。但是在帝俄沙皇時期，小官吏處在官僚制度的底層，薪資微薄，只能勉強餬口，不能奢望豐厚的物質享受。不管如何認真工作，也無升遷機會，卻處處被大官所壓迫。他們一輩子就是在屈辱中渡過，人性尊嚴對他們來說遙不可及，而他們對幸福的微小寄望，往往都被任意扼殺（譬如小說中原來幸福和樂的家庭和純潔的女兒，被驃騎兵所毀。小說雖未明白寫出，但已經暗示了杜尼婭的未來：她在人老珠黃之後，會被驃騎兵所拋棄）[6]。普希金所開創的「被欺負的小官吏」形象，後來被果戈里所繼承，成為俄國寫實主義文學的一大特色。

宋老師的第二篇譯作《杜勃羅夫斯基》（Дубровский）比《別爾金小說集》晚三年寫成，此書性質有點類似中國的遊俠小說，敘述的是貴族青年杜勃羅夫斯基遭受鄰居有錢有勢地主

5 Белый А. А. 《Повести Белкина》: Перипетии совести // Московский пушкинист. Т. XII, М. ИМЛИ РАН. 2009. С. 316. 此為網路版本：http://white.narod.ru/Povesty_Belkina.htm。

6 編者註：對於本篇小說，蘇教授在推薦序的觀點與譯者在導讀〈關於別爾金小說集〉一文中的觀點並不相同。蘇教授代表大多數俄國與中國普希金研究者的觀點，採取社會主義階級鬥爭觀點看待〈驛站長〉；譯者則從人性角度出發，探討文學，不少西方學者採取與譯者相同立場。對於不同觀點，讀者可自行比較與思考。

特羅耶庫羅夫掠奪所有家產，一無所有，於是集結了一幫農奴展開報復行為。他們打家劫舍、劫富濟貧，深獲人心，地方官員和警察局對他們卻束手無策。除了遊俠故事，小說還揉雜了愛情成分：杜勃羅夫斯基為了報復特羅耶庫羅夫，潛入他家中，不料卻愛上了仇人之女瑪莎（Маша），打消復仇計畫。他以家庭教師身分混入特羅耶庫羅夫家裡，與瑪莎相戀。雖是浪漫愛情故事，卻不是大歡喜結局：特羅耶庫羅夫為了自己利益，硬逼瑪莎嫁給一位老貴族。瑪莎向杜勃羅夫斯基求援，但是救援行動沒有成功，瑪莎最後嫁給了老貴族。杜勃羅夫斯基於失敗之後心灰意冷，解散同夥，到國外隱居去了。

小說故事源頭據說來自於作家友人那索金（П. В. Нащокин）對普希金所講的故事：「一位貧窮貴族奧斯特洛夫斯基（Островский）因與鄰居官司訴訟，最後輸了田產，淪為盜賊，打家劫舍，先是打劫政府官員，然後擴及其他人。」這個故事引發了普希金興趣，回去之後便開始醞釀寫作。在書寫過程中，主角名字從奧斯特洛夫斯基改成杜勃羅夫斯基，故事時間變成一八二〇年的俄羅斯，時間跨度一年半，並加入了作家所喜愛和擅長的愛情線索，鋪張成現有之格局。但是小說並未完成，普希金沒打算出版，因此未替小說取名。在普希金手稿裡，封面上沒有標題，只有時間「一八三二年十月二十一日」，這是作家寫作的起始點，小說最後一章標示的時間是一八三三年六月二日。現有小說篇名是一八四二年出版時，由出版社自行加上的。

本書所收錄的第三篇譯作是《黑桃皇后》（一八三四），這個故事與前兩個差異極大，加入了卡夫卡式的魔幻寫作風格，敘述德裔軍官葛爾曼妄想透過神奇的三張牌一夕致富，為此不擇手段。男主角偶然得知有關三張牌的故事，內心痛苦、恍然若失，為了接近知道秘密的老伯爵夫人，決定採取迂迴方式，透過追求她的養女麗莎，進而接近老伯爵夫人。麗莎在他的情書攻勢下，陷入情網。某天夜裡兩人秘密私會，但是葛爾曼卻未赴約，而是潛入了隔壁老伯爵夫人的房間，企圖逼迫她說出深藏多年的秘密。老伯爵夫人因此嚇死，而麗莎也清楚了葛爾曼的真正意圖，傷心欲絕。老伯爵夫人下葬後，鬼魂來到了葛爾曼家裡，告訴他三張牌的秘密，並要求他娶麗莎。憑著三張牌的威力，葛爾曼在賭場上連戰皆捷，前兩場都是大贏，但是到了第三場他卻輸了，當他翻開手上的牌，愛司（黑桃 A）變成了黑桃皇后（黑桃十二），讓他輸光了所有家當。葛爾曼驚嚇地看著手上的牌，此時黑桃皇后變成了老伯爵夫人的臉，對他做鬼臉……賭局結束，葛爾曼瘋了，而麗莎繼承了老伯爵夫人所有的錢，成為有錢人。

普希金在《黑桃皇后》裡闡述了「罪」與「罰」的概念：葛爾曼不擇手段追求財富，引誘麗莎、嚇死老伯爵夫人，這是他所犯的罪。每次犯罪後他都有罪惡感產生，但是罪惡感總是稍縱即逝，很快就被更重要的事情轉移了注意。譬如，害死老伯爵夫人的罪惡感和惶然不安感，在鬼魂告訴他三張牌的秘密後，立刻被贏錢慾望給取代，完全消失無蹤。因為對自己的罪行沒有懺悔，沒有心靈愧疚，沒有經歷痛苦心靈的折磨，他的罪就無法洗清，無法獲得救贖，勢必得到處罰：最後葛爾曼所有金錢，還有他的神智，都在最後的賭局中喪失。魔鬼代替了上帝，處罰了被錢迷失心性的男主角。

葛爾曼的著魔，並不是從老伯爵夫人鬼魂的出現開始。早在他得知三張牌祕密，決定不擇手段獲得時，他的心裡就住進了魔鬼。葛爾曼利用麗莎，開始寫情書給她，每封文情並茂的書信裡，都藏著魔鬼的誘人魅力；在他拿著手槍走入老伯爵夫人的房間時，他的心是陰暗的；與老伯爵夫人的對話，每個字都透漏了他對金錢的飢渴，和他不擇一切手段的決心。他將心交給了魔鬼，與魔鬼交易，從交易中得到好處，但是任何的好處都要付出代價的。他得到了金錢，也失去了金錢，失去他生命中最珍視的東西，最後心智一併被奪去。歷來文學作品中，與魔鬼交易，最後都沒有好下場，浮士德如此，葛爾曼也如此，葛爾曼獲得了作者給予他最嚴厲的處罰。對普希金來說，發瘋是最可怕之事。在他生命晚年，歷經沙皇政府打壓、處在極端敵視他的環境裡，普希金寫下了這樣的詩句：「上帝，不要讓我瘋掉……」（Не дай мне бог сойти с ума…），失去心智、失去思考能力比任何的痛苦都還要巨大，還要可怕。普希金用勇氣和毅力戰勝了瘋狂，而葛爾曼卻迎來了瘋狂……

第四篇《上尉的女兒》（一八三六）是部歷史小說，描述一七七三到一七七四年普加喬夫起義事件。故事以回憶錄的方式呈現，由故事主角格里尼約夫（Пётр Гринёв）以第一人稱，回憶自己所經歷的普加喬夫起義事件，從他沒沒無聞開始，於暴風雪夜幫迷路的主角趕車，到後來起義、勢如破竹地攻陷白山要塞、圍城奧倫堡，最後兵敗被俘，絞死於彼得堡。除了歷史線索，小說中還有愛情主題，描述格里尼約夫和要塞司令女兒瑪莎間忠貞的愛情。但是愛情故事與歷史主題比起來，相對蒼白許多。故事中最生動的人物形象，不是身為主角的格里尼約夫，不是上尉的女兒——瑪莎，而是普加喬夫。普希金創造了一個人物性格強烈、愛恨分明的哥薩克人：一方面嗜血、殺人不手軟，但是一方面又感恩圖報、有情有義、豪邁爽朗、力大無比。男主角於他仍籍籍無名時，慷慨大方地贈送了野兔皮上衣當作帶路的報酬。當他攻佔要塞，準備吊死所有不願意歸降反抗軍的守城將官時，發現了男主角，想起贈衣之情，於是赦免了他。這時他是知恩圖報之士。然而償還贈衣之情後，普加喬夫還進一步發現格里尼約夫性格的優點：真誠。普加喬夫於赦免主角死刑後，希望男主角投效於他，被拒絕；於是他接著詢問，格里尼約夫是否可以保證不再與他為敵？男主角也誠實回答：「莫可奈何」。普加喬夫因為他的勇氣和真誠而喜歡上他，對他另眼相待。於是當格里尼約夫第二次落到他手上，知道男主角的未婚妻被逼婚，普加喬夫親自帶著他，坐著馬車，前往要塞解救瑪莎。普加喬夫原已償還了格里尼約夫贈衣之情，卻決定繼續幫他，因為他敬重男主角的誠實性格。當施瓦布林在要塞裡揭穿了瑪莎的真實身分（前要塞司令女兒，她的父母親都被普加喬夫殺死），試圖讓普加喬夫遷怒，但是他仍然原諒了男主角的欺騙行為，並且釋放兩人，讓男女主角有情人終成眷屬。從這些行為中，我們可以看出普加喬夫的優點：對於喜歡、欣賞之人，都會竭盡心力幫助，不管男主角幾次欺騙他（騙他奧倫堡沒有飢荒、瑪莎是神父的姪女等等），都加以原諒，並且仗義援助，玉成他人好事。

普希金透過男主角，傳達了自己對普加喬夫的好感。格里尼約夫因為與普加喬夫屬於敵對陣營，無法與其深交，也不能共事。兩人之間總共只有四次的交會（最後一次在普加喬夫的行刑場上），前三次嚴格來說，都是普加喬夫幫助了格里尼約夫，在最需要的時候給予他援手：於暴風雪夜晚幫他帶路、赦免他的死刑、解救他的未婚妻。所以他對普加喬夫的感覺與其他人都不同，沒有因為他兩手沾滿血腥、殺人無數而厭惡，也沒有因為他當時的權勢而害怕。格里尼約夫一直以「你」稱呼普加喬夫，彷彿兩人平輩一般，彷彿兩人的關係從第一次見面後，從來不曾改變過：是軍官與農民，而不是統治者和被俘者。其他被俘者或歸降者都震懾於普加喬夫的威嚴和殘暴，尊稱他為「您」，對他戰戰兢兢，唯唯諾諾，只有格里尼約夫一個人例外。

他們之間有過兩次深入對談，一次是男主角從絞刑場上被釋放後的隔天，普加喬夫召他過來，希望勸他歸降；第二次則是兩人坐在馬車上前往白山要塞，想去解救被逼婚的瑪莎，途中談到了老鷹和烏鴉的隱喻，說明普加喬夫的志向：寧為老鷹展翅高飛，也不願如烏鴉般苟延殘喘，為此被殺頭也在所不惜。這兩次的深入對談，讓格里尼約夫更加了解普加喬夫；而普加喬夫的仗義援助，讓他感念在心，對他的好感不斷孳生，最後變成深深的同情，暗地希望可以解救這個被大家稱為強盜的壞人，免於失敗、免於死刑。小說於兩人第二次分手，有一段主角內心的描述：「這樣一個可怕的人物，除了我以外的每個人都把他看作惡魔，看作凶犯，在與他分手的一刻，我心中的感觸非筆墨所能形容。……此時此刻，我對他充滿強烈的憐憫。

我熱切地希望能拉他一把，讓他脫離他所領導的賊窩，趁還來得及的時候，保住他項上人頭。」

歹徒、強盜、惡魔，這些形容普加喬夫的負面字眼，恰與他對格里尼約夫的一切作為，成為極大對比，「惡徒的謝恩」、「惡魔無私的幫忙」——普希金透過這樣鮮明、矛盾的對比，讓具有愛恨分明的普加喬夫形象躍然紙上，成為小說中最富魅力的人物，也成為俄國女詩人茨維塔耶娃（Марина Цветаева）最喜歡的故事主角。她在隨筆〈普希金與普加喬夫〉（Пушкин и Пугачев）曾提過，當她在八歲時閱讀此書，就深深被這個歷史人物所吸引。對女詩人來說這不是一部敘述上尉女兒的故事，而是有關普加喬夫的傳奇。

「當我現在說著書名時，我只是機械式地唸著，……這裡既沒有上尉，也沒有女兒。我讀著：《上尉的女兒》，心裡想著卻是：《普加喬夫》。……整部小說只有一個主角——普加喬夫，所有的一切都因為他的鈴鐺聲而鮮活。」[7]

閉上眼睛，我們看到普加喬夫駕車疾駛而過，朝這邊恣意地大笑，他的鬍子隨風漂蕩了起來……

※　　※　　※

宋教授這四本譯作中有兩個主要特色：

（一）重視語調

宋老師在翻譯過程中，不只逐字、逐句推敲琢磨，對語調也下了一番苦心。在未拜讀大作前，我便已聽聞他正在從事翻譯工作，特意邀請他來系上分享翻譯心得，那次的工作坊，主題就是如何將音調應用在翻譯上。此題目對我來說非常新穎，原以為音調只應用於會話，而文學文本是書寫語言，怎有音調問題？經宋教授講解後，方徹底了解音調對文學文本和翻譯之重要。文學作品雖用文字書寫，但是裡面有人物對話，這些對話反映了人物性格、出身、口音還有情緒，不同情緒使用不同音調來表示。但是在閱讀時，往往忽略了音調之重要，忽

7　Цветаева М. Пушкин и Пугачёв. 網路資料：http://www.tsvetayeva.com/prose/pr_pushkin_i_pugachev。

略了說話者的情緒起伏。在俄國，文學文本不只可以用眼睛閱讀，還可以用嘴巴朗誦，或是變成舞台劇，在舞台上演出劇本裡的句子。音調是文學文本裡重要一環，透過對音調的分析和了解，可以幫助譯者徹底了解原文意義，讓譯本達到最高之準確度。而宋教授就是如此對待他的翻譯工作，仔細咀嚼每個句子的音調，推敲不同調性之意，找出對的音調，並據此得出最好之譯句。

（二）人名翻譯的簡化

除了重視音調，宋教授譯本還有一個重要特色，就是讀者取向。因為面向台灣讀者，為了不造成閱讀大眾之混亂，他特地在譯文裡大幅地簡化了俄文原文裡的人名。俄國人名使用複雜，光組成就有三部分：「名·父名·姓氏」。譬如《杜勃羅夫斯基》裡的男主角杜勃羅夫斯基，這是姓氏，全名為弗拉基米爾·安德烈維奇·杜勃羅夫斯基，尊稱時要稱名和父名，朋友間互稱其名，暱稱時則用小名——瓦洛甲、瓦洛季卡等等不一而足（老杜勃羅夫斯基對兒子就是使用暱稱）。不同交際場合使用不同稱呼，表達相應的交際意義：尊敬、溺愛、親近、仇視、疏遠等等。如果要呈現如此精細和複雜的人際關係，和其所衍生之人名稱呼，勢必得在前面加上一張人名表，羅列同一名主角的不同名字，和其所代表之意，讀者方能知道此名指的是誰。但是逐字逐句的翻譯法徒增讀者負擔，減低閱讀樂趣，況且不見得能忠實傳達其中所隱含之人際關係。宋教授譯文中簡化了一切複雜的人名結構，只在主角一開始出現時，提到全名，之後便全以姓氏來稱呼。最明顯的例子是特羅耶庫羅夫，他的全名只出現在小說一開始，其他地方一律只寫出姓氏。而男主角比較複雜，有些地方譯出姓氏，有時則是名字。例如，第三章男主角一出場時，宋教授譯出了全名（原文只有名和姓氏），之後接下來有時候是名加姓，有時是名，有時只有姓氏。

如要表達不同之人際關係，則是透過中文讀者所熟悉的關係詞彙，例如：老爺、少爺、小姐等來表示。例如，《上尉的女兒》有一段對話，譯者就是用「少爺」，來表達農民與貴族的身分差距：「『老頭，我會不會換酒喝，』我這位流浪漢說道，『這就不用你操心了。你們家少爺把他的皮襖賞賜給我，這是他少爺的心意，你這做奴才的不用多辯，聽命就是了。』」

所有這一切，我們可稱之為「創造性叛逆」，是譯者對作品的詮釋和更動，譯者不只應該忠實地反映出原著精神，還可以用自己的詮釋和理解，找出最好翻譯方式，以符合閱讀大眾之品味。美國比較文學大師威斯坦因（Ulrich Weisstein）曾說：「在翻譯中，創造性的判逆幾乎是不可避免的……」[8]日本學者大冢幸男也說：「對於這種創造性叛逆，原作者應予以尊重。豈但尊重，原作者還得致以謝意。」[9]

除了人名翻譯的簡化、人際關係的中文化，這些譯文裡的對話用語也都有考究。譬如《杜勃羅夫斯基》中的故事發生於一八二〇年，人物對話有時是貴族和貴族，農奴對貴族，為了表達農民的純樸，宋教授在翻譯農民對話時，使用了特定用語，來呈現過去時代的氛圍。譬如，奶媽寫給男主角之信，「你，我們的少爺，弗拉基米爾，——咱，你的老奶媽，決意向你報告你爹的健康狀況！」這裡的用詞用語，充分體現了一位不識字鄉村婦女說話口吻，並符合了她所處的時代——十九世紀初，此用語與現代人的講話口氣全不相同，讀者不會產生時代混淆之感。

任何一個國家，都有一群人可以透過原文閱讀文學作品，譬如我自己，譬如前面所提到的米樂教授，但是對外國文學的推廣和介紹，我們這群人所能起的作用非常小。任何大規模的文學交流，都必須透過翻譯作品方能為之。只有文學譯作，才可能普及國外優秀作品，讓一般社會大眾認識和接受新的國外作家，讓原作作品延續新的生命力。每個譯本的完成都是時代重要事件，是一個文學作品新生命之誕生，新的存在形式，它們的影響無遠弗屆。只要翻開書，都會因此認識一個新的外國作家，終而受到影響。我衷心歡迎它們的出現。

讓我們開始閱讀吧！尋一個僻靜的角落，也許在咖啡廳、興許在捷運站，或是家裡的客廳，坐下來，點一盞燈，泡一壺茶，翻開書，靜靜地、靜靜地閱讀。不為什麼，因為我們喜歡文學、喜歡普希金。

8 威斯坦因（U.Weisstein），《比較文學與文學理論》（劉象愚譯），遼寧：遼寧人民出版社，一九八七，頁三十五。

9 大冢幸男，《比較文學原理》（陳秋峯、楊國華譯），陝西：陝西人民出版社，一九八五，頁一〇二。

譯者序

普希金（A. C. Пушкин, 1799–1837）是偉大的詩人，也是偉大的小說家。很多人知道，普希金是「俄國詩歌的太陽」，卻不知他的小說奠定了十九世紀俄國寫實主義文學的基礎。其實，普希金不但在詩歌、小說方面，就是在戲劇、童話等方面，都為俄國留下寶貴資產，這是他被尊奉為「俄國文學之父」的原因。

本人是俄國文學愛好者，尤其熱衷普希金的小說，因此欣然接受啟明出版社的邀請，翻譯《普希金小說集》。《普希金小說集》收納普希金最具代表性的散文小說，包括：《別爾金小說集》（一八三〇）、長篇小說《杜勃羅夫斯基》（一八三二）、中篇小說《黑桃皇后》（一八三四）與長篇小說《上尉的女兒》（一八三六）。

經過兩年的努力，《普希金小說集》終於交卷。翻譯工作不是簡單的事，不過它對我不但不是苦事，反而是樂事。本人翻譯並不求快，常常是字斟句酌，每當有新發現或新體悟，總是欣喜若狂。本人很希望透過譯筆，把普希金精簡有力、鮮活生動的風格分享漢語讀者，雖然不見得每次都成功，但本人不斷尋求突破。

本人翻譯《普希金小說集》主要根據的版本是：А. С. Пушкин.《Повести. Романы》. Москва:《Дрофа》, Издательство《Вече》, 2004。通常原文各版本之間差異不大，差異部份在於少數地方的段落切分與編者注釋。段落切分方面，本人根據上述版本；至於注釋方面，由於俄語讀者與漢語讀者理解不同，本人除參考上述版本外，有時還須引用各方資料，略作刪補，或另作注釋。

必須指出，《別爾金小說集》全稱應該是《已故之伊凡·彼得洛維奇·別爾金中篇小說集》（Повести покойного Ивана Петровича Белкина）。譯者為求簡潔有力，按照慣例，採用《別爾金小說集》作為本書譯名。

此外，《杜勃羅夫斯基》原文有一小小的特殊狀況。普希金原稿結尾最後一段中，「那……之後幾日」（Несколько дней после ...）一小段文字之後遺漏一詞，有的俄國出版社維持普希金原稿，有的則逕自補上「戰鬥」（сражение）一詞。上述版本採用前者方式，但本人為了不造成漢語讀者的困擾，採用後者，翻譯為「那場戰鬥之後幾日」。

至於《黑桃皇后》則是普希金最受西方文壇矚目的散文小說，也是最受討論的小說。文學研究者對這篇小說的解讀各有不同。因此，不同譯者有不同的詮釋，自然反應在筆下的翻譯。本篇小說有幾處地方，作者的用字遣詞似乎不合常理。本人參考幾本中、英翻譯版本，發現譯者為讓情節合理化都逕自更動，採用不同於原著的字眼。本人竊想，以普希金如此文學大家，對於文字的運用常常強調「簡明、精確」，他筆下一些乍看似乎不合常理的文字，定有其道理。例如：《黑桃皇后》最後，主人翁發現自己下錯牌，作者採用「站著」（стояла）描寫這張下錯的牌。本人手頭的兩冊英文譯本都更改為「躺著」，其中一本採用 lying，一本採用 lay。至於手頭的中文譯本更採用「發牌」代替。本人揣摩此時的主人翁內心混亂，甚至接近瘋狂，因此他眼中的黑桃皇后應該是一個人（或者是鬼）。於是本人幾經斟酌之後，還是維持普希金的原文，翻譯為「沒錯，不是愛司，而是黑桃皇后站立在他眼前」。

長篇小說《上尉的女兒》的重點是歷史人物普加喬夫。對於這個人物的歷史定位，評價不一。本人在翻譯小說中有關普加喬夫的一言一行，盡量接近原文，不涉及史觀的問題。

俄國人名冗長，結構複雜，使用多變，常常是漢語讀者閱讀俄國文學翻譯的一大妨礙，也是譯者的一大難題。本人幾經掙扎，還是決定各篇小說中有些人物名字的翻譯，在忠於原著的前提下，盡量予以簡化，讓讀者能夠享受閱讀俄國文學的樂趣。

最後，必須承認，由於學識有限，本人譯文難免有不妥之處，懇請讀者與專家不吝指正。

宋雲森

台北木柵，二〇一五年八月

譯者介紹

宋雲森，一九五六年生，台北市人，國立政治大學東語系俄文組畢，美國堪薩斯大學斯拉夫語文系碩士（專攻俄國文學），俄國莫斯科大學語文系博士（專攻俄語語言學）。曾任中央通訊社記者，現任國立政治大學斯拉夫語文系教授。譯有《當代英雄》。

俄國文學之父——普希金及其創作生涯

宋雲森

集各種榮耀於一身的普希金

亞歷山大·謝爾蓋耶維奇·普希金（Александр Сергеевич Пушкин, 1799–1837），在俄國集各種美譽於一身——「俄國文學之父」、「俄國詩歌的太陽」、「俄國第一位民族詩人」。另外，諷刺作家果戈里說他是「詩歌沙皇」；小說家屠格涅夫說，普希金對他而言是「半個上帝」；《戰爭與和平》的作者——托爾斯泰稱他是「我的創作之父」。

完成《罪與罰》與《卡拉瑪佐夫兄弟》等偉大巨作的杜斯妥耶夫斯基表示，「我們的一切都是從普希金開始。」今天俄國文學能以它的優越性與獨特性，在世界文學史上佔有特殊地位，應該歸功於普希金。普希金的作品展現強烈民族意識，建立特殊俄羅斯風格，確立優美的俄國標準語，塑造俄國人物典型的形象，成為後世俄國許多偉大作家爭相學習的榜樣。

普希金不是歌劇作家，但對於俄國歌劇在世界樂壇上確立獨樹一幟的地位也功不可沒。他的許多作品都成為俄國歌劇作品的素材。俄國著名作曲家格林卡首先將普希金的長詩《魯斯蘭與柳德米菈》編為歌劇，搬上舞台。此後，不少偉大作曲家紛紛從普氏作品中尋找靈感。穆索爾斯基將普氏的歷史悲劇《鮑里斯．戈都諾夫》改編為歌劇，柴可夫斯基為普氏的詩體小說《葉甫蓋尼．奧涅金》、小說《黑桃皇后》、敘事詩《波爾塔瓦》等譜曲，這些作品都是俄國歌劇中的經典之作。

名聞世界的俄國芭蕾舞劇也不乏取材自普希金的作品。例如，普氏抒情詩《巴赫奇薩拉伊噴泉》，經由穆索爾斯基譜曲，成為蘇聯時代俄國芭蕾舞的代表作。另外，著名俄國電影導演，如：愛森斯坦、杜甫任科、格拉希莫夫等也莫不向普希金吸取靈感。因此，普氏小說《黑桃皇后》、《小姐與村姑》、《驛站長》、《暴風雪》、《上尉的女兒》、悲劇《鮑里斯．戈都諾夫》等，紛紛搬上大螢幕，深受俄國觀眾喜愛。

即使時至今日，普氏的作品與命運仍是俄國文藝、電影、電視創作取之不竭的題材。例如，俄國現代小說家托爾斯塔雅（Т. Н. Толстая, 1951–）在《坐在金色的台階上》（一九八三）、《愛或不愛》（一九八七）、《夜》（一九八七）等作品中屢屢採用普氏詩歌，在《奧凱爾維利河》（一九八五）、《林姆波波》（一九九一）等作品中則複製普氏詩歌《青銅騎士》、小說《暴風雪》的主題，《情節》（一九九一）中更突發奇想，篡改普希金的悲劇結局，寫成一篇小說。普希金於一八三七年悲劇性的意外死亡，至今仍讓俄國人耿耿於懷。不論是學校課堂，或是茶餘飯後，普希金的命運常是俄國人談話的題材。因此，俄國電視第一頻道的節目《真相就在身邊》（Истина где-то рядом）於二〇一四年三月六、七日，仍在探究普希金的命運與死亡。

西曆六月六日是普希金的生日，也是俄國詩人節。俄國人或在遍及全國各地的普希金紀念館裡或紀念碑之前，或在學校或在家裡，不分男女老少，都會吟詠普希金的詩句，以紀念俄國這位偉大作家。普希金是不死的。

家世顯赫的普希金

號稱「俄羅斯民族詩人」的普希金，其實外貌非常不俄羅斯。他有著黑色卷髮、黝黑皮膚，個子不高，不太像一般俄國人。他擁有八分之一非洲黑人血統。他的外曾祖父阿勃拉姆·加尼拔（Абрам Ганнибал, 1696–1781），原為非洲阿比西尼亞（今天的衣索比亞）酋長的小孩，被土耳其人所俘，後被俄國使臣買下帶回彼得堡，獻給彼得大帝。這個非洲小孩很得彼得大帝歡心，曾被送到法國留學，返回俄國後投身軍旅，屢建戰功，晉身至將軍。普希金對這位祖先頗感自豪，他的小說《彼得大帝的黑小孩》（一八二八，未完成）即描述他的外曾祖父。

至於普希金的父系祖先更是俄國古老顯赫的家族。十三世紀上半葉，他的祖先曾隨俄羅斯民族英雄亞力山大·涅夫斯基出征，戰功彪炳；十六世紀，統一俄羅斯的沙皇——「恐怖的伊凡」，曾特別關照普希金家族。以後他們家族成員擔任過沙皇御前大臣者不乏其人。不過，他們家族也幾次遭遇挫折。一六九七年，他們家族的費多爾·普希金因支持攝政王索菲雅，反對彼得大帝，而遭處決；一七六二年，普希金的祖父列夫．普希金擁護彼得三世，拒絕效忠葉卡捷琳娜二世（或譯為：凱薩琳大帝、凱薩琳女皇），甚至參與暴動，而遭監禁。從此，普希金家族逐漸沒落。因此，普希金曾自嘲生來就是「卑微的小市民」。其實相較於當時人口絕大多數是農奴的俄國社會，即使是沒落的普希金家族仍算是身世顯赫。

普希金出身書香門第，家裡擁有豐富藏書，其中法文書佔很大部分。父親賽爾格．普希金文學造詣深厚，精通法文；伯父瓦西里．普希金是當時小有名氣的詩人，很早就看出小侄子文學方面的才華。當時俄國著名作家卡拉姆津（H. M. Карамзин）、詩人茹可夫斯基（B. A. Жуковский）、詩人巴秋斯可夫（K. H. Батюшков）等經常在他們家出入，談文論詩。在環境耳濡目染之下，八歲的普希金即開始用法文創作詩歌與小喜劇。

一八一一年至一八一七年間，普希金就讀於彼得堡附近的沙皇村學校。這是一所培養政府文官的貴族子弟學校。這所學校確實培養了優秀的政府官員，但也造就不少具自由主義思想的革命份子，其中幾位還是普希金的好友。就讀沙皇村學校期間，普希金熱情投入俄文詩歌的創作。一八一五年一項結業考試中，他朗誦自己的詩作《沙皇村的回憶》，讓當主考官的老詩人杰爾扎文（Г. Р. Державин）感動得老淚縱橫，並預言新的詩歌天才即將誕生。其實，少年普希金還不脫法國作家伏爾泰、法國詩人柏尼的影響。

一八一七年，普希金自沙皇村學校畢業，奉派至彼得堡，服務於俄國外交部。他對外交部的工作只是虛應故事，他的最愛還是文學創作。這時期他的詩歌充滿自由主義的色彩，同情農奴，抨擊專制，代表作包括：《自由頌》（一八一七）、《致恰達耶夫》（一八一八）、《鄉村》（一八一九）等抒情詩。

由於作品觸犯當局，於一八二〇年至一八二四年間，普希金遭流放俄國南方的高加索、克里米亞半島的敖德薩、摩爾達維亞的基什尼奧夫等地。流放期間，普希金一方面接觸南方革命黨人的積極活動，並體驗希臘民族運動的風起雲湧，另一方面也親眼目睹高加索的雄偉壯闊與黑海的滾滾波濤。這時期他的作品除了具有自由的激情與戰鬥的精神，更注入異國情調的浪漫色彩，代表作有《高加索的囚徒》（一八二一）、《強盜兄弟》（一八二二）、《巴赫奇薩拉伊噴泉》（一八二三）等抒情長詩。並於一八二三年，開始他最具代表性著作——詩體長篇小說《葉夫蓋尼．奧涅金》的寫作。

一八二四年，普希金結束南方流放生涯，但仍被軟禁於父親位於普斯科夫省米哈伊洛夫斯科村的莊園。一八二五年，彼得堡發生十二月黨人之變，普希金不少沙皇村學校的同學與好友都因參加叛亂而遭流放西伯利亞，甚至遭處決。被軟禁中的普希金正好逃過一劫。他這時期的重要作品有長詩《吉普賽人》（一八二四）、歷史悲劇《鮑里斯．戈都諾夫》（一八二五）等。一八二六年，他獲准返回莫斯科，但仍須經沙皇同意才能出版作品。

十九世紀二十年代末，俄國文學處於浪漫主義的尾聲，寫實主義則是將起未起。浪漫主義以詩歌掛帥，寫實主義以小說為主流。嗅覺敏銳的普希金開始擴展視野至散文小說的創作，嘗試開創俄國寫實文學之路。一八三〇年，普希金向娜塔莉雅．岡查若娃求婚，獲得首肯；當年秋天，赴父親領地辦理繼承事宜，卻為瘟疫所困，滯留於下諾夫哥羅德省鮑爾金諾的莊園三個月。這三個月讓普希金隔絕俗務紛擾，專心寫作，被稱為「鮑爾金諾的秋天」，是普氏創作生涯的高峰期，期間完成《葉夫蓋尼．奧涅金》、《別爾金小說集》、小悲劇《莫札特與沙萊里》、《吝嗇騎士》、《石客》、《瘟疫中的宴會》等作品。

一八三一年，普希金與娜塔莉雅·岡查若娃結婚。岡查若娃號稱是當時彼得堡與莫斯科第一美女，是普希金多篇情詩的靈感來源，是他歌頌的「瑪丹娜」（美的女神），豈知這個女神後來卻成為他致命的夢魘。普希金婚後遷居彼得堡，仍任職外交部，不過還是醉心於筆耕。這時期代表作有長詩《青銅騎士》（一八三三）、小說《上尉的女兒》（一八三三）、《黑桃皇后》（一八三四）等。

普希金與俄國標準語

普希金不只是俄國文學之父，也是俄國標準語的奠基者。在他筆下，俄語成為一種嶄新的、極富表現力的語言。十九世紀二、三十年代的俄國人在普希金的創作中首次找到對俄語的信心與民族自信：「原來俄語竟是如此豐富、優美的語言」、「原來用俄語可以寫出如此傑出的詩篇」。

普希金之前，俄國的語言環境相當複雜。西元九八八年，俄國弗拉基米爾大公自希臘引進東正教，並將它定為國教，從此俄國人使用兩種言語文字：本土的古俄語與隨東正教傳入的教會斯拉夫語。古俄語是當時以基輔為中心的東部斯拉夫語，大都使用於日常生活與一般書信往來；教會斯拉夫語是以今天保加利亞、馬其頓一帶的古代南部斯拉夫語為基礎發展出來的文字，一般使用於聖經、使徒行傳、宗教文學，以及較具抽象性的主題。隨著時間推演，這兩種語言既相互滲透，又相互排擠，雖然有朝一種語言融合的趨勢，卻未能水乳交融。再加上，十七、八世紀以來，俄語又吸收了德語、法語，使俄國語言環境更形複雜。在普希金崛起之前，即使是有學問的俄國知識份子也很難將俄語運用得恰到好處、得心應手。

十八世紀起，如何突破語言困境，形成成熟、完美的俄國標準語，是俄國語言學家的重大課題。這項使命由普希金透過文學創作而完成。在普希金筆下，教會斯拉夫語、純粹俄語、外來語等生動、靈巧地熔於一爐，不論上流社會的交際用語，或是鄉野百姓的日常用語，不分雅言或俗語，都能恰如其分的表達思想與情感，展現強大的語言生命力，成為十九世紀以後俄國作家與知識份子寫作的最佳典範。

普希金悲劇性的結局

婚後的普希金已是名滿天下的偉大作家，而太太岡查若娃也艷名滿京城。不過，岡查若娃並不懂得欣賞普希金的文采，卻熱衷於彼得堡貴族與宮廷間的社交生活，甚至不時鬧出緋聞，讓普希金頗感困擾。一八三六年，岡查若娃與法籍軍官、荷蘭駐俄公使的義子——丹特斯傳出緋聞，特別讓普希金感到羞辱，不甘受辱的普希金向丹特斯提出決鬥。在眾人勸阻之下，普希金收回挑戰書。

一八三七年一月，丹特斯與岡查若娃的妹妹——葉卡捷琳娜．岡查若娃結婚，但婚後仍公開追求普希金的太太，於是普希金在忍無可忍之下，再度向丹特斯提議決鬥。當年二月八日（俄曆一月二十七日），二人決鬥於彼得堡近郊的黑溪，普希金腹部中彈，二日之後，「俄國詩歌的太陽」就此殞落。

如今，普希金的年代已漸行漸遠，但他的詩句卻不斷滋潤俄羅斯人的心靈。莫斯科市中心的普希金廣場上矗立著詩人的巨大雕像，不時有人前來獻上鮮花，吟誦著他的詩篇。只見普希金雕像高高聳立，左手負於背後，右手輕撫胸前，微微低頭，沉思不語。雕像基座鐫刻著他死前不久所完成的詩歌《紀念碑》（一八三六），似乎為他一生的創作做了最後的註腳與總結：

我將久久地為眾人所愛戴，
因為我用詩篇，喚醒人們種種善良的情感，
在殘酷的年代，我歌頌自由，
並為那殞落的人們
召喚慈愛之心。

普希金年表

1799年6月6日

（俄曆五月二十六日）出生於莫斯科一個俄國世襲貴族家庭。母親也是貴族家庭出身，普希金外曾祖父——加尼拔（Абрам Петрович Ганнибал, 1696–1781），為非洲酋長的孩子，被彼得大帝收為養子，成人後投身軍旅，晉升至將軍。

1806年

開始寫詩，但起初多為法文詩。

1811年

進入沙皇村學校。學校位於彼得堡郊區，為培養未來政府官員而設立，卻也成為普希金自由思想的搖籃。

1812年

俄法戰爭爆發，六月間拿破崙率六十萬大軍入侵俄國，佔領莫斯科，十一月，法軍撤退潰敗。這場戰爭影響歐洲與俄國歷史至鉅，也成為普希金不少作品的故事背景。

1815年

於沙皇村學校初級結業考試中，朗誦自己的詩作《沙皇村的回憶》，讓身為主考官的詩人杰爾扎文，感動得老淚縱橫。

1817年

沙皇村學校畢業，以十品文官身分任職外交部，但熱衷於寫作，發表詩歌《自由頌》。

1818年

發表詩歌《至恰達耶夫》。

1819年

發表抒情詩《鄉村》。

1820年

發表長詩《魯斯蘭與柳德米菈》，受到當時俄國詩壇泰斗茹可夫斯基極力推崇；由於諸多作品鼓吹自由，批判專制，遭沙皇亞力山大一世發配南方邊疆。從此四年，異國色彩的南方山水與民風為普希金的詩歌注入新的題材與風格。

1821年

完成抒情詩《匕首》；結識多位南俄貴族革命份子。

1822年

完成抒情長詩《高加索囚徒》、《強盜兄弟》等。

1823年

完成抒情長詩《巴赫奇薩拉伊噴泉》；開始寫作詩體小說《葉夫蓋尼．奧涅金》。

1824年

完成抒情詩《致大海》、長詩《吉普賽人》；七月，結束南方的流放，被軟禁於父親位於普斯科夫省米哈伊洛夫斯科村的莊園。

1825年

完成詩體小說《努林伯爵》、歷史劇《鮑里斯．戈都諾夫》；聖彼得堡發生「十二月黨人起義」，以失敗收場；普希金獲新任沙皇尼古拉一世赦罪，返回莫斯科，但仍受監控。

1828年

寫作小說《彼得大帝的黑小孩》（未完成）；結識未來妻子娜塔莉雅．岡查若娃。

1829 年

發表長詩《帕爾塔瓦》。向娜塔莉雅·岡查若娃求婚，遭拒。

1830 年

再次向岡查若娃求婚，獲得首肯；為瘟疫所困，滯留於下諾夫哥羅德省鮑爾金諾的莊園三個月，期間完成《葉夫蓋尼·奧涅金》、《別爾金小說集》、小悲劇《莫札特與沙萊里》、《吝嗇騎士》、《石客》、《瘟疫中的宴會》等作品。

1831 年

與岡查若娃結婚；結識當時年僅二十二歲的後輩作家果戈里，對他大加鼓勵。

1832 年

十月起至次年二月間，寫作小說《杜勃羅夫斯基》，但未真正完成。

1833 年

發表長詩《青銅騎士》、童話詩《漁夫與金魚的故事》。

1834 年

發表小說《黑桃皇后》與歷史著作《普加喬夫史》。

1835年

再度與果戈里面談，告訴他親身經歷，成為果戈里《欽差大臣》等作品的素材。

1836年

創辦《現代人》雜誌；發表小說《上尉的女兒》、詩歌《紀念碑》等。

1837年
2月8日

（俄曆一月二十七日）於彼得堡郊外名為黑溪的地方，與法國軍官丹特斯決鬥，腹部中彈，兩日後過世。

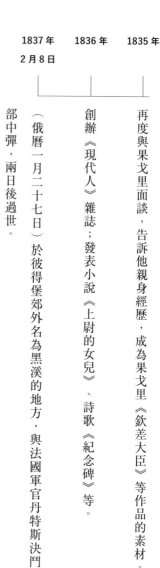

年 表

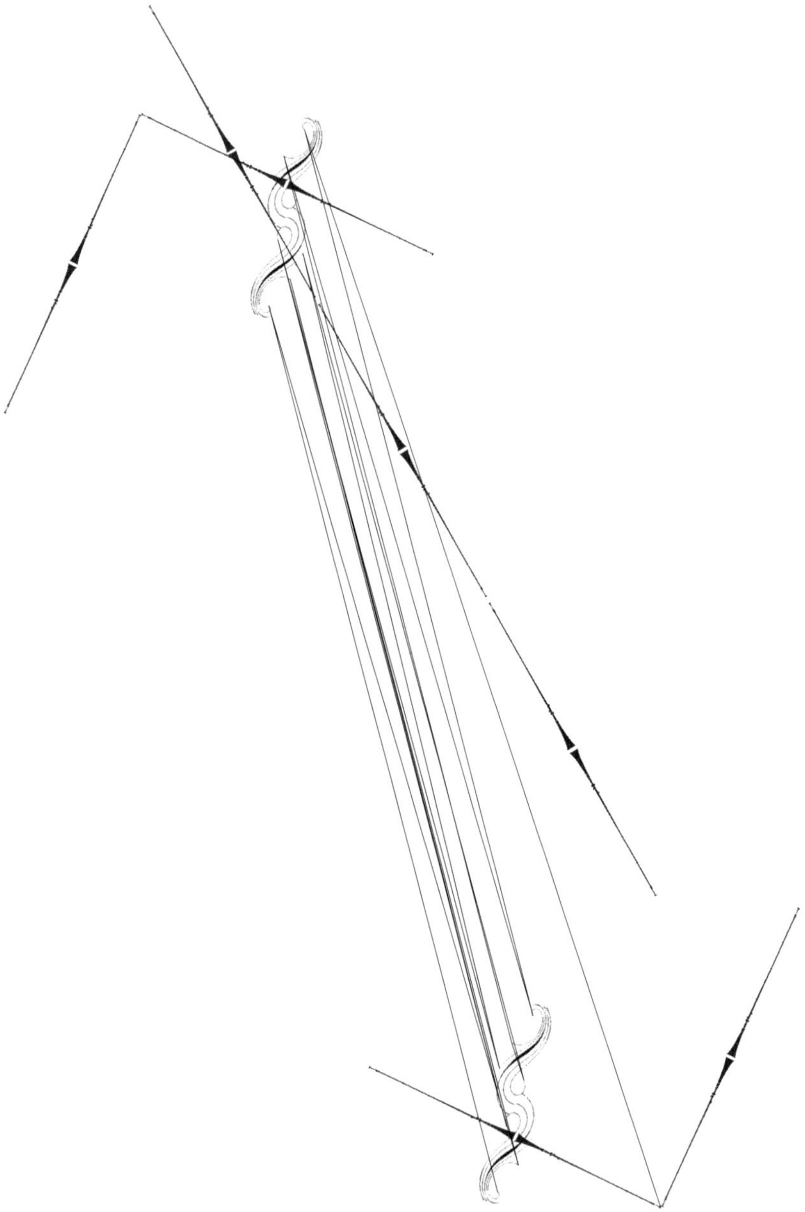

黑桃皇后

黑桃皇后預示著

隱密的凶機

——最新占卜書

第一章

陰雨的日子
他們相聚一堂
常常如此；
他們下注——上帝原諒！——
從五十
到一百，
要是贏錢
便用粉筆
記下賭帳。
如此這般，陰雨的日子
他們幹的
就是這碼子事。

有一回，一夥人在禁衛軍騎兵團軍官納魯莫夫屋裡打牌。不知不覺，漫漫冬夜便流逝；大家坐下來吃晚餐時，已是清晨四點多。贏錢的人吃起飯來，胃口特別大；其他的人則心不在焉，面對吃空的碗盤枯坐。但是，香檳酒一端上來，話匣子便打開，大家都熱烈參與。

「你玩得怎樣，蘇林？」主人問道。

「老樣子，輸了。不得不承認，我手氣不好。我不加碼賭注，從不使性子，什麼花招也糊弄不了我，可老是輸錢！」

「難道你每次都不為所動？一次也不曾想要連贏幾局嗎？……你這麼沉得住氣，讓我覺得不可思議。」

「那葛爾曼又怎麼說！」其中一位客人說道，手還指著年輕工兵軍官，「打從出了娘胎，他都沒摸過牌，也沒加倍下注，卻能陪咱們坐到清晨五點，光看咱們打牌！」

「牌局讓我著迷啊，」葛爾曼說道，「可我沒本錢犧牲生活所需，而奢望非分之財。」

「葛爾曼是日耳曼人，精打細算得很，就是這麼回事！」托姆斯基說道，「不過，要說有什麼人讓我覺得費解的，那要屬我的祖母，安娜．菲朵托芙娜伯爵夫人了。」

「怎麼說呢？那是怎麼回事？」眾人叫道。

「我搞不懂為什麼，」托姆斯基又說，「我祖母現在都不賭錢了。」

「八十歲的老太太不賭錢，這有啥好奇怪的？」納魯莫夫說道。

「那你是對她一無所知了？」

「沒錯！確實一無所知。」

「呵，那就聽著：

「要知道，我的祖母六十年前到過巴黎，還在那兒成了風雲人物。很多人追著她跑，想要一睹這位莫斯科維納斯的風采。黎瑟流[1]對她展開瘋狂的追求，而祖母現在還一口咬定，她當年對黎瑟流冷若冰霜，差點害他舉槍自盡。

「那時婦女喜歡打『法老牌』[2]。有一回在宮廷裡，祖母跟奧爾良[3]的一位公爵賭上一句話，就輸掉好大一筆錢。回到家裡，祖母一邊撕下『美人痣』[4]，脫下鯨鬚筒裙，一邊告訴爺爺她輸掉一筆錢，並要爺爺償還這筆欠債。

1 黎瑟流（Ришельё Луи Франсуа, 1696–1788），法國公爵，黎瑟流樞機主教之侄孫，曾任陸軍元帥。他為人風趣卻輕浮，風流韻事不斷。

2 法老牌，俄文是фараон，英文是faro，一種撲克牌遊戲，於十八世紀末十九世紀初盛行於歐洲國家，曾經由於貴族階層瘋狂於這種賭博，並下注龐大賭金，而在幾個國家遭到禁止。

3 奧爾良（Orleans），法國中部的一個城市。

4 古代歐洲女性在社交場合常使用小片綢布（мушка）貼在臉上，冒充「美人痣」，以增加美觀，或掩飾痘疤等。

「就我記憶所及，我爺爺是祖母家的管家出身。他一向畏懼祖母如大火；哪知這次聽到輸掉如此驚人的一筆金額，他情緒失控，掏出帳簿，讓祖母看看，他們在半年裡花掉五十萬，並且表示，他們的田產是在莫斯科郊區，是在薩拉托夫，不是在巴黎郊區，因此一口回絕償還賭債。祖母賞了他一記耳光，便自個兒去睡覺，以示心中的不滿。

「第二天，祖母希望昨晚的家教已讓丈夫學乖，便命下人去把他叫來，哪知他還是不為所動。這是有生以來頭一遭，祖母落到這步田地，竟然要跟丈夫好說歹說，費盡口舌。祖母希望能讓他良心發現，還低聲下氣地說明，每筆債務各不相干，王子與馬車匠不可同日而語。『門都沒有！』爺爺簡直造反了。『不行就是不行！』弄得祖母不知如何是好。

「祖母熟識一位出類拔萃的人物。你們聽說過聖柘爾曼伯爵[5]吧，有關他很多的奇聞軼事，人們是津津樂道。你們知道，他曾假扮流浪猶太人[6]，也妄稱發明長生之水與點石成金之術，諸如此類的事情。人們譏笑他招搖撞騙，不過卡桑諾瓦[7]在自己的筆記裡說他是間諜。其實，聖柘爾曼雖然神祕莫測，卻也儀表堂堂，在上流社會很受歡迎。祖母至今仍瘋狂地迷戀著他，要是有人在言談之間對他不敬，祖母準會大動肝火。祖母知道，聖柘爾曼手頭上有大量錢財，便決定求助於他。祖母給他寫了張字條，請他即刻來見。

「這古怪老兒馬上登門，眼見祖母陷於痛苦的深淵。祖母向他極盡渲染之能事，編排丈夫的蠻橫無理，最後，祖母說道，自己所有的希望只能寄託於他的友誼與仁慈。

「聖柘爾曼陷入沉思。

「『這筆錢我幫得上忙，』他說道，『不過，我知道，只要您沒跟我還清這筆錢，您會無法心安，而我又不想給您增添新的麻煩。但是，有別的辦法：妳可以把錢贏回來。』『可是，親愛的伯爵，』祖母答道，『我告訴您，我們什麼錢都沒了。』『錢倒用不著，』聖柘爾曼說道，『好好給我聽著。』於是他向祖母透露一個秘密，我們在座各位就是出再高價都願意換取這個秘密……」

5 聖柘爾曼伯爵（Граф Сен Жермен），出名的冒險家與煉金術士，於十八世紀五十年代常出入巴黎上流社會。當時有人認為他是招搖撞騙，也有人認為他有特異功能。

6 流浪猶太人（Вечный Жид），這是歐洲的一個基督教傳說，從中世紀流行至今。根據傳說，有一天在耶路撒冷，基督背負沈重的十字架，頭戴荊棘冠冕，滿身鮮血，向一個猶太補鞋匠要一杯水喝，這補鞋匠竟然吝於施捨；於是補鞋匠遭受懲罰，必須永生永世流浪，直至最後審判日。從此這位猶太人雖長生不死，卻四處流浪，在任何地方都不得做長久停留，也不能與人有任何感情，因為他所到之處都會帶來瘟疫。因此，他到任何地方都受到揶揄、隔離與驅逐。

7 卡桑諾瓦（Казанова Джованни Джакомо, 1725–1798），冒險家、煉金術士兼作家。他的回憶錄是研究十八世紀歐洲風俗與民情的重要文獻。

一群年輕賭客聽得更是聚精會神。托姆斯基點起煙斗，深深吸了口煙，繼續說道：

「當晚，祖母出現在凡爾賽宮，au jeu de la Reine[8]。奧爾良的公爵坐莊；祖母隨口表示歉意，說是沒把賬款帶來，並編排個小故事搪塞過去，就開始跟他對賭。她選了三張牌，然後一張接一張押注；這三張牌都贏錢，讓祖母全部翻本。」

「碰運氣啦！」一位客人說道。

「無稽之談！」葛爾曼下了評語。

「或許，牌上有塗粉做記號吧？」第三人跟著說。

「我不這樣認為。」托姆斯基煞有介事地說道。

「這哪可能啊！」納魯莫夫說道，「你有個祖母能連猜中三張牌，而你到今天沒跟她學到一手？」

「是啊，門都沒有！」托姆斯基回答，「包括我父親在內，她有四個兒子。所有四個兒子都是無可救藥的賭徒，但她沒對任何一位透露自己的秘密，即使這對他們，甚至對我，也算不得什麼壞事。不過，我說個故事，這是我的叔父，伊凡·依里奇伯爵跟我說的，而且他還用名譽保證所言屬實。已故的恰普里茨基，就是把數百萬家產揮霍一空，最後窮苦潦倒而死的那個，他年輕時有次輸了大概三十萬，記得是輸給卓里奇。他陷入絕望。祖母對年輕人的胡作非為從不寬待，不知怎地卻對恰普里茨基大為心軟。祖母給了他三張牌，要他一張跟著一張押出，但也要他保證以後不再賭錢。恰普里茨基又去找他的贏家，兩人坐下再次賭賭。恰普里茨基第一張牌下注五萬，贏了第一把；再加倍下注，又加倍下注，——不但全部翻本，還倒贏了錢……」

話說到此，也該睡覺了，已經是六點差一刻。真的，也已經天亮了，這夥年輕人把杯中的酒一飲而盡，便各自散去。

---

8 法文，表示「跟皇后一起打牌」。

第二章

——您，好像，更喜歡婢女吧。

——有什麼辦法呢，夫人？

她們都清新可人呀。[1]

——社交圈對話

年邁的＊＊＊伯爵夫人坐在梳妝室，面對鏡子。三個婢女圍繞身旁。一個手握胭脂罐，另一個手持髮簪盒，第三個手拿一頂高高的包髮帽，帽上纏著火紅色絲帶。伯爵夫人已無法奢求美貌了，她的美麗容顏早已凋謝，不過依然維持著年輕時代的所有習慣，嚴格遵循七十年代的風尚，也依然花很長時間、很認真地梳妝打扮，就跟六十年前一樣。窗邊繡花架旁坐著一個小姐，是她的養女。

「您好，grand'mamam，」[2] 走進一個年輕人，說道，「Bon jour, mademoiselle Lise.[3] Grand'mamam，我有事情求您。」

「有什麼事，Paul[4]？」

「容許我介紹一位朋友給您認識，星期五的舞會上我帶他來見您。」

「把他直接帶到舞會來看我，那時讓我跟他認識好了。昨晚你是不是到＊＊＊家？」

「怎沒呢！開心極了，跳舞跳到五點呢。葉列茨卡婭可真漂亮！」

「喔，我親愛的！她是如何漂亮法？是不是跟她祖母妲麗婭．彼得羅芙娜公爵夫人以前一樣？……對了，我想，她，妲麗婭．彼得羅芙娜公爵夫人，已經很老了吧？」

「這哪是很老了？」托姆斯基漫不經心地答道，「她死了大概有七年啦。」

那位小姐舉起頭，向年輕人使個眼色。他這才想到，有關老伯爵夫人同輩友人的死訊，他們都瞞著她，於是咬了咬嘴唇。不過，伯爵夫人聽到這個對她全新的消息，卻顯得完全無動於衷。

「死啦！」她說道，「可我卻不知道呢！我們一起被冊封為宮廷女官呢，當年我們應召進宮，女皇……」

於是伯爵夫人又跟孫兒說起自己的陳年舊事，這故事已說了一百遍了。

「好啦，Paul，」接著，她說道，「現在，扶我站起來。麗莎[5]，我的鼻煙壺呢？」

於是伯爵夫人帶著三個婢女到屏風後面，進行她最後的梳妝。托姆斯基留了下來，跟那位小姐在一起。

「你想引見誰呀？」麗莎維塔．伊凡諾芙娜輕聲問道。

---

1 這段題辭在原文中以法文書寫。

2 法文，表示「祖母」、「奶奶」。

3 法文，表示「早安，麗莎小姐」。

4 Paul，法文，表示「保羅」，等於俄文的Павел（帕維爾）。

5 麗莎是麗莎維塔的簡稱。

「納魯莫夫。妳認識他嗎？」
「不認識。他是軍人還是文官？」
「軍人。」
「工兵？」
「不是，是騎兵。妳何以認為是工兵呢？」
那位小姐笑了笑，一句話也沒回。
「Paul！」伯爵夫人從屏風後面叫道，「給我弄一本新的小說，不過，拜託，不要是當下流行的。」
「這又是什麼呢，grand'mamam？」
「就是那樣的小說，主角不會掐死父親，不會掐死母親，也不會有人淹死。我害怕看到有人淹死，怕得要命！」
「那樣的小說現在沒有了。難道您不想看看俄國小說嗎？」
「難不成我們俄國也有小說？……弄來吧，你這大少爺，拜託你給我弄來吧！」
「告退了，grand'mamam，我急著有事……再見了，麗莎維塔．伊凡諾芙娜！妳為什麼會以為納魯莫夫是工兵？」

說著，托姆斯基走出梳妝室。

留下麗莎維塔．伊凡諾芙娜一個人。她放下手頭的活兒，開始往窗外瞧了瞧。沒多久，從對面街道轉角處的一棟房子後面出現一個年輕軍官。這時，走來伯爵夫人，已經穿戴整齊。

「吩咐下去，麗莎，」她說，「備妥馬車，我們蹓躂去。」

麗莎從繡花架邊站了起來，開始收拾針線活。

「怎麼妳，我的媽媽呀！耳朵聾了不成！」伯爵夫人大聲喝道，「吩咐他們快點備車。」

「這就去！」小姐小聲答道，便往前堂跑去。

僕人走了進來，遞給了伯爵夫人幾本小說，是帕維爾．亞歷山大羅維奇．托姆斯基送來的。

「好啊！謝謝他了，」伯爵夫人說，「麗莎，麗莎！妳跑到哪裡去啦？」

「穿衣服呢。」

「時間多得是呢，我的媽媽呀！坐到這裡。打開第一卷，大聲念……」

小姐拿起書，念了幾行。

「大聲點！」伯爵夫人說道，「妳怎麼啦，我的媽媽呀？妳倒嗓啦，還是怎麼的？……

等等，把板凳往我挪近點，再近點……就這樣！」

麗莎又讀了兩頁。伯爵夫人打了聲呵欠。

「把這書扔了，」她說道，「簡直是胡扯！送回給帕維爾公爵，吩咐說聲謝謝……對了，馬車怎樣了？」

「馬車已備妥。」麗莎說道，眼睛往街道看了看。

「妳怎麼還沒穿戴好？」伯爵夫人說道，「老是讓人等妳！我的媽媽呀，真讓人受不了。」

麗莎跑往自己房裡。過不到兩分鐘，伯爵夫人又開始使勁地按鈴叫人。三個女僕從一道門跑進來，一個男僕從另一道門跑進來。

「叫你們怎麼都沒應個聲？」伯爵夫人對他們說道，「去告訴麗莎，我在等她呀。」

麗莎．伊凡諾芙娜走進來，身穿大長外衣，頭戴小巧呢帽。

「總算來了，我的媽媽呀！」伯爵夫人說道，「看妳打扮的！幹什麼這樣穿呢？……想勾引誰呀？……外面天氣怎樣？——好像，有風呢。」

「一點都沒，夫人！安靜得很！」男僕回答。

「你總是隨便說說！打開氣窗。不是嗎，有風啊！還涼得很呢！卸下馬具吧！麗莎，我們不去了，不用穿戴成那樣。」

「這就是我的生命！」麗莎暗自忖道。

的確，麗莎是最不幸的人。但丁說過，吃別人的麵包滋味苦，踩別人臺階舉步艱。要不是權貴老婦的養女，有誰知道寄人籬下的辛酸？當然，伯爵夫人說不上壞心眼，就是行事任性，就像上流社會驕生慣養的婦女一樣，為人吝嗇，冷酷自私，就像年華老去、早已不知情為何物、又與當今格格不入的所有上年紀的人一樣。她參與上流社會所有瑣事；也涉足場場舞會，滿臉厚厚胭脂，一身老式服裝，坐在角落，就像舞會大廳一件難看卻又不可少的裝飾品。進來的賓客朝她走來，行禮如儀似的，深深一鞠躬，然後對她再也不予理會。她在自家裡接待全城賓客，一切都要符合禮數，卻沒有一張臉她認得出來。許許多多的婢女與家丁，在前堂與下房，撈夠了油水，也熬到了白頭，為所欲為，對這行將就木的老婦盡情搜刮，唯恐落人之後。麗莎是這家裡的苦命人。她為別人斟茶，卻要遭受斥責，只是因為多放了糖；她朗讀小說，要為作者的敗筆承擔過錯；她陪伴伯爵夫人散步，也要為天氣與道路的好壞負責。她有規定的生活費，卻從來沒給足過；可是，又要求她打扮像所有人一樣——其實是像那些出入上流社會的很少數人一樣。在上流社會裡，她扮演著可悲的角色。大家都認識她，但誰也不會注意她；在舞會裡輪到她跳舞，只有在缺少 vis-à-vis[6] 的時候；仕女會挽起她的手，只有在她們要到梳裝間整理服裝的時候。她自尊心很強，對自己處境深有所感，也常環顧身旁——迫不及待地期盼著救星的出現。但年輕男子輕浮、虛榮，善於計較，難以施捨她一丁點的注意，儘管比起那些他們糾纏不放的高傲、冰冷的小姐，麗莎可迷人百倍。有多少回，她悄悄離開豪華而無趣的客廳，回到自己寒酸的閨房飲泣。那房裡只見幾扇糊滿印花壁紙的屏風，一個五斗櫃，一面小鏡子，一張上漆的床鋪，還有銅燭臺上燃著一枝昏暗無光的油脂蠟燭。

有一天——此事發生於本小說開場所描寫的那夜的兩天之後，以及剛才落筆的場景的一週之前，——有一天，麗莎坐在窗口的繡花架邊，無意間望向街道，看到一位年輕工兵軍官，站著一動不動，一雙眼睛往她的窗口盯來。她低下頭，繼續幹自己的針線活。五分鐘過後，她再度望一眼——那位年輕軍官還是站在原地。麗莎沒有和路過軍官眉來眼去的習慣，便不再往街上看，只顧繡著針線，繡了約兩個鐘頭，連頭都不抬。午飯端上。她站起身來，開始收拾繡花架，無意間瞄往街上，又看到那位軍官。這讓她覺得很奇怪。飯後，她走到窗口，心裡有點忐忑不安，可是，這時已不見那位軍官了，——於是麗莎便把他忘了……

兩天過後，當她與伯爵夫人走出家門，要登上馬車的時候，又看到他了。他站在門口旁，河狸皮衣領遮住他的臉龐，呢帽下一雙烏黑的眼睛，炯炯發亮。麗莎感到驚嚇，也不知所以然，坐上馬車時，內心有一種莫名的悸動。

當天回到家後，她跑到窗口——那位軍官還站在老地方，目不轉睛地往她瞧；她從窗口退回，好奇心讓她惶恐，還有一種對她而言全然新鮮的感受讓她興奮。

打從那時起，那位年輕人沒有一天不在特定時間，出現在他們家窗下。在他與她之間建立了一種心照不宣的關係。坐在位子上幹針線活的時候，她可以感覺他一步步走近，於是舉起頭來，注視著他，注視的時間一天長過一天。年輕人，似乎，對此滿懷感恩：每當兩人眼神交會的時候，她憑著自己年輕、敏銳的眼睛，發現在他蒼白的臉上隨即泛起一陣暈紅。一個禮拜之後，她朝他嫣然一笑……

當托姆斯基徵詢伯爵夫人同意向她引見自己朋友時，這個可憐的女孩怦然心動。當獲知納魯莫夫不是工兵軍官，而是禁衛騎兵軍官時，她很是懊惱，認為自己發問不當，竟把自己的秘密透露給言行輕率的托姆斯基。

葛爾曼的父親是歸化俄國的日耳曼人，留給他一筆小小的資產。葛爾曼深信有必要強化

———

6 法文，表示「舞伴」。

自己獨立自主的地位，因此對資產所得的利息從不動用，僅僅靠著薪水度日，也絕不容許自己有丁點的放縱。不過，他熱衷名利，卻從不動聲色，同袍難得逮到機會，對他的過度節儉，好生嘲弄。他具有強烈的慾望和熾熱的想像力，但堅定的性格拯救了他，免於像很多人一樣，在青春時期誤入歧途。真的，譬如說吧，他靈魂裡是個賭徒，雙手卻沒碰過一張牌，因為他盤算過，他的資產不允許他（如他所言）犧牲生活所需，而奢望非分之財，——然而，他卻可以整整好幾個夜晚坐在牌桌前，狂熱而悸動地緊盯牌局的每個轉折與變化。

那三張牌的故事強烈地勾動他的想像，整夜縈繞腦海不去。「要是，」第二天晚上他徘徊在彼得堡街頭，一心想著，「要是老伯爵夫人向我透露她的秘密，那該怎麼辦？或著說她要把這三張贏牌的秘密託付給我，該當如何？幹嘛不試試自己的運氣？……向她登門求見，博取她的歡心，——或許，成為她的情人，——可是這需要時間，而她已八十七歲了，可能過了一個禮拜，——過了兩天，她就歸天啦！……那這故事的秘密呢？……可以相信嗎？……不！節儉、樸實、勤勞，這才是我可靠的三張牌，這才能讓我的財富增為三倍，增為七倍，為我帶來平靜安祥，帶來獨立自主！」

如此前思後想著，他不知不覺來到彼得堡一條要道，一棟老式建築的宅邸前面。路上已停滿了馬車，車子卻還一輛接著一輛往燈火通明的門口滑動。從車子裡不時地伸出或者年輕美女的纖纖玉足，或者叮噹作響的高筒皮靴，或者條紋襪子與外交官的皮鞋。毛皮大衣與披風不時從一臉神氣的門房眼前穿梭而過。葛爾曼停下腳步。

「這是何人宅院？」他問街角一位崗警。

「＊＊＊伯爵夫人。」崗警答道。

葛爾曼渾身一顫。那三張牌不可思議的故事再度浮現在他腦海。他開始在這宅邸附近來回踱步，心裡想的是宅邸的女主人與她那神奇的本事。夜深他才回到自己簡陋的棲身之處，卻久久未能入眠，當他一墜入夢鄉，滿眼全是賭牌、綠色牌桌、一疊疊鈔票，以及一堆堆的金幣。他一張接著一張出牌，毫不猶豫地把賭注加碼押出，贏錢贏得沒完沒了，而且一堆堆的金幣往自己搬，一把把鈔票往口袋塞。他醒來時已經很晚，睡夢中的財富遽然消失，他不禁一聲長歎，然後再度出門徘徊在城裡，也再度來到＊＊＊伯爵夫人宅邸之前。似乎，有一股神祕不解的力量把他吸引到這裡。他停下腳步，開始往窗口張望。在一個窗口裡，他看到一頭烏黑的髮絲，低低垂下，想必是在看書，或者做活。那頭微微抬起。葛爾曼看到一張清新的臉龐，以及一雙烏溜溜的眼睛。這一瞬間決定了他的命運。

第三章

我的天使，妳每回寫信
一寫就是四頁，
快得我都來不及看完。[1]

——摘自書簡

麗莎才剛來得及脫下外衣和呢帽，伯爵夫人已派人來叫她，並吩咐重新備車。她們出門上車。正當兩名僕人把老太婆攙扶著塞進車門時，麗莎在馬車邊看到她那位工兵軍官。他一把抓住麗莎的手，麗莎一驚，還未回神，年輕人便已消失：一封信留在她手裡。她把信藏到手套裡，一路上，什麼也聽不清，什麼也看不見。伯爵夫人有個習慣，在馬車裡老要問東問西：這回誰要和我們會面？——這座橋叫什麼來著？——那兒招牌寫些什麼？這回麗莎老是回答得心不在焉，牛頭不對馬嘴，惹惱了伯爵夫人。

「妳怎麼搞的，我的媽媽呀！發什麼呆，還是怎麼啦？我的話妳是沒聽見，還是沒聽懂？……感謝上帝，我還沒口齒不清，也還沒老得糊塗！」

麗莎無心聽她說。一回到家，她便衝進房，從手套裡拿出信函，信並未封口。麗莎一口氣把它讀完。信裡他對麗莎表白愛意，信寫得濃情蜜意，談吐有禮，一字一句都摘錄自德國小說。不過，麗莎不懂德文，對這封信倒是覺得滿心歡喜。

可是，她收到這封信，也讓她苦惱不已。有生以來她首次與年輕男子有如此隱密、卻也親密的聯繫。他的大膽讓她驚駭。她責怪自己行為不檢，也不知該如何是好：是否不要再坐到窗口，對他來個不理不睬，好冷卻這年輕軍官的興致，不再繼續追求？——是否把信退還給他？還是冷冷淡淡卻也斬釘截鐵地回信？她沒人好商量，既沒有閨中密友，也沒有生活導師。麗莎決定提筆回信。

她坐到小書桌，拿起筆和紙——然後陷入沉思。好幾次她已提筆開頭，卻又撕個稀爛：她一下子覺得修辭過於溫和，一下子又覺得用語太過冷酷。終於她寫完幾行，讓她還算滿意。「我相信，」她寫道，「您用心良善，無意用輕率的舉動羞辱於我。但我們的相識不應以如此方式開始。在此奉還您的來信，也希望今後我不會有理由抱怨您任何不成體統的不敬之舉。」

次日，麗莎看到葛爾曼正走過來，便從繡花架邊站起，走到大廳，打開氣窗，把信扔到街上，她相信那年輕軍官是夠機靈的。只見葛爾曼跑了過來，撿了起來，然後走進一家糖果店。撕開封口，他看到自己的信和麗莎的回函。這樣的結果已在他預料之中，他便返回家裡，忙不迭地展開自己的陰謀詭計。

三日之後，一個眼神伶俐的年輕女郎從一家時裝店舖給麗莎帶來一張字條。麗莎打開字條，本以為是帳單，心裡頗為不安，忽然，看出是葛爾曼的筆跡。

「小姐，您弄錯了，」她說，「這字條不是給我的。」

---

1 這段題辭在原文中以法文書寫。

「不，正是給您的！」這女孩大膽地答道，臉上毫不掩飾狡黠的笑容，「不妨把它讀完！」

麗莎把字條瀏覽一遍。葛爾曼要求會面。

「不可能！」葛爾曼的要求來得倉促，而且採用這般手法，讓麗莎大感驚嚇，她說，「這封信確定不是給我的！」說著，她把信撕得粉碎。

「如果不是給您的，您作啥把它撕碎？」那女郎說道，「我還得退還給託我送信的人呀。」

「拜託，小姐！」麗莎給說得滿臉通紅，只好說道，「往後請不要把字條帶給我。告訴那位要您送信的人，他應當感到可恥……」

不過，葛爾曼並未就此罷手。不管他用什麼辦法，麗莎每天都會收到信函。而且信文已經不是翻譯自德文。這時的葛爾曼熱情澎湃，下筆為文，說的都是自己特有的語言：信中洋溢著他堅定不移的冀求，也充滿雜亂無章、宛如脫韁野馬的想像。麗莎不再想要把信退回，她已陶醉其中。她開始回信，而且，漸漸地她的紙條越寫越長。終於，她從窗口扔給他一封書信，內容如下：

今日＊＊＊公使家中有舞會。伯爵夫人會去。我們會待在那兒到兩點鐘左右。這是您我單獨會面的機會。等伯爵夫人一出門，她的下人大概會各自散去，穿堂裡只剩下門房，不過他通常會回到自己小屋。請十一點半鐘來。直接走往樓梯間。要是你在前廳碰到什麼人，那您就問他，伯爵夫人是否在家。人家會跟您說不在，——這時也莫可奈何。您只好回家了。不過，想來，您不會碰到什麼人。女僕都待在屋裡，大家都在同一間房裡。從前廳往左走，直直走就到伯爵夫人臥房。臥房裡屏風後面您會看到兩扇小門：右邊那扇通往書房，伯爵夫人從不進去；左邊那扇通往走廊，那兒有一道迴旋小樓梯，通往我的房間。

葛爾曼全身悸動，像隻猛虎，等待著約定的時間。晚上十點，他已站在伯爵夫人宅邸前面。天氣十分惡劣，狂風呼呼吹，潮濕的雪花片片落，街燈昏昏暗暗，街上空空蕩蕩。偶而見到一匹瘦弱的駑馬拖著一輛破舊馬車，緩緩而行，尋覓著晚歸的客人。葛爾曼身上只穿一件大禮服，站在街頭，既不覺風吹，也不覺雪飄。終於，伯爵夫人備好馬車。葛爾曼看到僕人攙扶著彎腰駝背的老太婆，她人都裹在貂皮大衣裡，走出門外，跟在她身後的是養女，身著寒酸的披風，頭上裝飾著鮮花，她的身影一閃而過。車門碰地一聲關上。馬車便沉沉地滾動在鬆軟的雪地上。門房把門關上。窗裡頓時一片漆黑。葛爾曼開始在空蕩蕩的宅邸附近徘徊：他往路燈走去，看了看手錶——十一點二十分。他駐足路燈下，眼睛盯著鐘錶指針，挨過最後幾分鐘。準時於十一點半鐘，葛爾曼踏上伯爵夫人府邸門階，登上燈火通明的穿堂。門房不在。葛爾曼跑上樓梯，打開通往前堂的大門，看見燈下，一張老式而骯髒的安樂椅上，一名僕人正打著盹。葛爾曼踩著輕巧而堅定的腳步，從他身邊走過。大廳與客廳都是一片昏暗，只有前堂的燈光微弱地照了進來。葛爾曼走進臥房。神龕上滿滿的古老聖像，前面點燃一盞金色油燈。幾張褪色的花緞裝飾的安樂椅，以及幾張有羽絨的靠枕、鍍金層已剝落的沙發，按淒涼的對稱方式沿著幾面牆擺放，牆上則糊滿中國印花壁紙。牆上還掛著兩幅畫像，是Madame Lebrun[2]的手筆，畫於巴黎。其中一幅畫著年約四十的男子，紅潤的臉頰，富泰的身材，身穿淡綠色制服，佩掛著一顆星章；另一幅畫著一個年輕貌美的女子，長著鷹鉤鼻，鬢髮往後梳，撲粉的髮際插著一朵玫瑰。房裡每個角落都擺放著瓷製牧羊人、大名鼎鼎的Leroy[3]製作的座鐘、盒子、賭博輪盤，以及於上一世紀末與蒙戈爾菲耶兄弟[4]的熱氣球、梅思默[5]催眠術一起發明的各類仕女玩具。葛爾曼往屏風後面走去。那兒放著一張小鐵床；右邊是一扇門，通往書房；左邊是另一扇門，通往走廊。葛爾曼打開左邊那扇門，看見一道狹窄的迴旋式樓梯，那是通向可憐養女的房間……哪知他竟回身，走進黑漆漆的書房。

　時間走得很慢。四下無聲。客廳裡時鐘敲響十二點，所有房間裡的鐘一個接一個敲響十二點，然後，四下又恢復寂靜。葛爾曼緊貼著一只冷冷的爐子站立。他心情平靜，一顆心均勻地跳動，猶如一個人下定決心做什麼危險卻必要的事情一樣。時鐘敲響凌晨一點，兩點，——然後，他聽到轔轔馬車聲從遠處傳來。他不由自主感到一股激動。馬車駛近，停了下來。他聽到，馬車踏板放下發出咕咚的聲響。屋裡又一團忙亂。大家跑進跑出，傳來一陣喧譁，屋裡大放光明。臥房裡跑進三名年老使女，接著，勉強還有一口氣的伯爵夫人走了進來，人一下子便沉入伏爾泰安樂椅中[6]。葛爾曼從門縫瞧出去：麗莎從他身旁走了過去。葛爾曼聽到她一階一階走在小樓梯的急促腳步聲。他內心浮現一種類似良心譴責的聲音，旋即又消失無蹤。他的心變得宛如頑石。

2 勒布朗夫人（Elisabeth Vigée-Lebrun, 1755–1842），當時法國著名肖像畫家。

3 萊魯阿（一六八六——一七五七），十八世紀巴黎著名鐘錶師傅。

4 蒙戈爾菲耶兄弟（the Montgolfiers）包括哥哥（Joseph-Michel, 1740–1810）與弟弟（Jacques-Estienne, 1745–1799）兩人，他們是熱氣球的發明人。

5 梅思默（Franz Anton Mesmer, 1735–1815），奧地利醫生，發明催眠術。

6 伏爾泰安樂椅（вольтерово кресло 或 вольтеровское кресло），一種高背深座的安樂椅，椅背兩側還有翼狀防風板，有人稱為「翼式安樂椅」。這種椅子因法國作家兼哲學家伏爾泰（François- Marie Arouet Voltaire, 1694–1778）而得名。

伯爵夫人開始在鏡子前面卸妝。解下裝飾著玫瑰花的包髮帽；從修剪得乾乾淨淨的花白腦袋上摘下撲了粉的假髮。別針有如雨下灑落她身旁。銀線繡的黃色衣裙褪落在她浮腫的腳下。葛爾曼見證了她卸妝後讓人噁心的隱密一面。終於，伯爵夫人穿上睡衣和睡帽，這樣的裝束更符合她的龍鍾老態，這時看起來沒那麼恐怖，沒那麼醜陋。

如同所有老年人一樣，伯爵夫人為失眠所苦。卸妝完畢，她便坐到窗口伏爾泰安樂椅上，遣走所有使女。她們帶走蠟燭，房間裡再度只點燃著一盞油燈。伯爵夫人坐著，滿臉蠟黃，兩片鬆垂的嘴唇蠕動著，身體左右搖晃。兩隻混濁黯淡的眼睛裡完全不見思惟。看到她這樣子，會讓人以為，這恐怖的老太婆搖晃著身子並非出於本身意志，而是一種隱密的電流作用。

突然，這張死人般的臉上發生難以言狀的變化。嘴唇停止蠕動，眼神出現生氣：伯爵夫人眼前站著一位陌生男子。

「不用怕，看在上帝分上，不用怕！」他說道，聲音雖輕卻清晰可辨，「我無意冒犯您。我來是有一事懇求於您。」

老太婆看著他，默然不語，似乎沒聽見他說話。葛爾曼以為，她耳力不行，於是屈身到她耳邊，對她再說一次。老太婆依然不發一語。

「您有能力創造我一生的幸福，」葛爾曼又說，「而這對您不過舉手之勞。我知道，您能夠連續猜中三張牌……」

葛爾曼打住說話。伯爵夫人好像聽懂了對她的要求。她好像思索著用詞用語，該如何答覆。

「這是說笑，」她終於說話了，「對您發誓！這是說笑而已。」

「這事沒什麼說笑的，」葛爾曼怒聲斥道，「記得恰普里茨基吧，是您幫他翻本的。」

伯爵夫人看來一陣驚慌失措。她的表情顯露內心強烈的波動，但很快她又陷入原來淡漠的狀態。

「可不可以，」葛爾曼又說，「請您將這三張牌的真實秘密交付給我？」

伯爵夫人默不作聲；葛爾曼繼續說道：

「您為誰保守這秘密？為您的孫兒？沒有這三張牌，他們也夠有錢的，何況他們不懂得金錢的價值。您那三張牌幫不了揮金如土的人。守不住父親產業的人終究會死於貧困，無論他擁有什麼魔鬼的力量。我不是揮金如土的人，我知道金錢的價值。您的三張牌不會白白浪費的。就這樣吧！……」

他停下說話，戰戰兢兢地等候伯爵夫人的回答。伯爵夫人默不作聲；葛爾曼雙腿往地下一跪。

「如果曾幾何時，您的心懂得愛的感受，如果您還記得愛的悸動，如果聽到新生嬰兒的啼聲，您有過微笑，哪怕一次也好，如果有什麼人性化的情感曾經在您的心胸激盪，」他說，「那麼我懇求您，以一個做妻子、做情人、做母親的心情，——以所有人世間最神聖的心情，——不要拒絕我的請求！——透露給我您的秘密吧！——您留著它作什麼？……或許，它連結著深重的罪孽，連結著永恆喜樂的毀滅，連結著魔鬼的契約……但想想，您已年邁，來日無多，——我願意用自己的靈魂承擔您的罪孽。只要透露給我您的秘密就好。想想，一個人的幸福操在您手裡，不只是我，還有我的兒子、孫子、曾孫都會感恩戴德地懷念您，把您當作神聖之人般地永遠懷念……」

老太婆不發一語。

葛爾曼站起身來。

「老巫婆！」葛爾曼咬牙切齒地說道，「那我只好強迫妳回答了……」

說著，他從口袋裡掏出一把手槍。

一見手槍，伯爵夫人第二次顯露震驚的情緒。她點了點頭，舉起一隻手，好像要護住自己，擋住子彈……然後，便仰面一倒……於是，一動也不動了。

「別像小孩子胡鬧，」葛爾曼抓起她的手，說道，「我問最後一次：要不要跟我透露您的三張牌？要還是不要？」

伯爵夫人一聲不回。葛爾曼一看，她已死去。

第四章

一八＊＊年五月七日
一個毫無道德原則、毫無神聖信仰的人！[1]

——摘自書簡

麗莎坐在房裡，身上還穿著舞會的那身服裝，卻深陷沉思之中。一回到家，她趕緊支走滿眼睡意、不太情願侍候她的婢女，——她推說自個兒卸妝就好，然後膽顫心驚地走往自己房間，希望在那兒見到葛爾曼，但又不希望見到他。她看了第一眼，便確定葛爾曼不在房裡，於是感謝命運阻礙他們的會面。她坐了下來，衣服也沒換，便開始回想這短短時間裡讓她如此神魂顛倒的種種情況。第一次她從窗口看到這年輕人起，還不到三個禮拜，——她卻已經和他有書信往來，——而他竟也向她要求深夜幽會！她會知道他的名字，只是因為他的幾封來信裡有署名。在這個晚上之前，她從未跟他說過話，從未聽過他的聲音，從未聽人說過他的事情……真是怪事！就在這個晚上，在舞會裡，托姆斯基因為年輕的公爵小姐波麗娜一反常態，沒跟他打情罵俏，於是心生不爽，有意還以顏色，便對她做出一副愛理不理的樣子，並叫來麗莎，兩人一起跳瑪祖卡舞，跳得沒完沒了。整個晚上，托姆斯基都在取笑麗莎，說她對工兵軍官情有獨鍾，說他知道的遠遠超過麗莎所能想像的，並有幾次他的取笑剛好一舉中的，讓麗莎幾次以為，她的秘密全都讓托姆斯基摸得一清二楚。

「你從誰那兒知道這一切的？」她笑著問道。

「從妳很熟的人的一個朋友那兒，」托姆斯基回答，「一個很了不起的人物！」

「這個很了不起的人物到底是誰？」

「他叫葛爾曼。」

麗莎一話也不答，感到手腳一陣冰冷……

「這個葛爾曼啊，」托姆斯基又說，「真是個浪漫人物：他的側面像拿破崙，又有靡菲斯特[2]的靈魂。我想，他的良心裡至少擁有三項罪惡。妳的臉色怎麼那麼蒼白呀！……」

「我頭痛……那個葛爾曼——或者他叫什麼來著，究竟跟你說些什麼？」

「葛爾曼對他的一個朋友非常不以為然。他說，如果他處在對方立場，他的做法一定全然不同……我甚至以為，葛爾曼本人對妳有所企圖呢，至少每次他聽到自己朋友在讚嘆愛情時，他都一副躍躍欲試的樣子。」

「那他又在哪裡見過我？」

「在教堂，或許，在節日園遊會！……上帝才知道！或許，在妳的閨房，在妳睡夢中的時候，這他幹得出來的……」

1 這段題辭在原文中以法文書寫。

2 靡菲斯特（Мефистофель），歌德作品《浮士德》中的惡魔，在後來的文學作品中常被用來隱喻否定道德和善行的人物。

這時三位女士走到托姆斯基跟前，問道：oubli ou regret？[3]——因此打斷他們的對話。這段對話讓麗莎感到既折磨又好奇。

托姆斯基挑選的舞伴正是公爵小姐波麗娜。公爵小姐在和他跳了一圈又一圈，轉回自己座位前，已適時跟他澄清誤會。——托姆斯基回到座位時，已沒心思想什麼葛爾曼，什麼麗莎的。麗莎有意恢復兩人被打斷的對話，哪知馬祖卡舞結束後，很快伯爵夫人便乘車離去。

托姆斯基的話不過是瑪祖卡舞會上的胡扯，卻深深烙印在這位富於幻想的年輕女孩心裡。托姆斯基所勾勒出來的畫像與她自己所描繪的形象不謀而合，另外，也得歸功於時尚小說的影響，這張俗不可耐的面孔卻牽動她的想像，征服她的想像。她坐著，裸露的雙手交叉著，裝飾著花朵的頭部低垂在赤裸的肩上……突然，門打了開，葛爾曼走進來。她渾身打顫……

「您剛才在哪裡？」她問，由於驚恐，說起話來聲若細絲。

「在伯爵夫人的臥房裡，」葛爾曼回答，「我才從她那兒來。伯爵夫人過世了。」

「我的上帝！……您說什麼呀！」

「而且，看起來，」葛爾曼又說，「我是她致死的原因。」

麗莎看了他一眼，內心裡響起托姆斯基所說的話：這個人的心裡至少擁有三項罪惡！葛爾曼坐到她身旁的台臺，並說出事情的來龍去脈。

麗莎把他的話聽完，滿懷驚恐。原來，這充滿激情的信函，這熱情如火的請求，這大膽、執著的追求，所有這一切都不是愛情！金錢——這才是他靈魂所渴望的！滿足他的渴望，給予他幸福，這都不是她能力所及！可憐的養女什麼都不是，只是一個強盜、一個致她的老恩人於死地的兇手的盲目幫兇！……她傷心地哭了，懊悔來得為時已晚，讓她痛苦難當。葛爾曼默默地看著她，他的心也撕裂了，不過，無論是可憐弱女的淚水，還是她痛哭失聲時驚人的魅力，都不能驚動他那冷酷的靈魂。想起死去的老太婆，他不會感到良心不安。只有一事讓他害怕：那秘密就此一去不回，他本來還指望靠它致富呢。

「您是個惡魔！」麗莎終於說話了。

「我沒要致她於死地，」葛爾曼說道，「我的手槍沒裝子彈。」

他們都默不作聲。

---

3 法文，表示「遺忘還是懊悔？」」。在舞會中每位女士可決定代表自己的用語，讓男性選擇。男士選擇哪個用語，就得跟代表那個用語的女士跳舞。

早晨降臨。麗莎吹滅即將燒盡的蠟燭，慘白的晨光照進她的房間。她擦乾滿是淚水的雙眼，舉目看著葛爾曼。他坐在窗臺，雙手交叉胸前，冷峻地緊蹙眉頭。這種姿勢讓他看起來和拿破崙的肖像有著驚人的相似。這種酷似甚至讓麗莎大為震驚。

「您如何走出屋裡？」麗莎終於說道，「我想送您從暗梯走出，但必須走過伯爵夫人的臥房，我會害怕。」

「告訴我如何找到這條暗梯就好，我會出去。」

麗莎站了起來，從五斗櫃裡拿出鑰匙，交給葛爾曼，並詳細地作了交代。葛爾曼握了握她那冰冷而無回應的手，親了親她低垂的頭部，便走了出去。

他沿著迴旋的樓梯往下走，再度進入伯爵夫人的臥房。死去的老太婆宛如石頭般僵硬地坐著，臉上露出極度的安詳。葛爾曼駐足在她跟前，久久地看著她，彷彿要確認這可怕的事實。終於，走進書房，摸到壁紙後面的門，便走下漆黑的樓梯，種種奇特的感覺浮上心頭，起伏動蕩。從這同一條樓梯，他想著，或許，約莫六十年前的同一時刻，這同一臥房裡溜進一個幸福的年輕男子，他身穿刺繡長袍，頭梳 à l'oiseau royal[4] 髮型，手持三角寬簷帽緊貼心口。他早已化為一杯黃土，而他的情人卻活到耄耋之年，直到今日才停止心臟的跳動……

葛爾曼在樓梯下面找到一扇門，用那把鑰匙打開了門，看到一條直通的過道，於是便來到街上。

—

4 法文，表示「皇家鳥」。其實這種髮型像鶴頂。

第五章

那一夜

已故馮．V．某某男爵夫人

出現我眼前。

她一身是白，對我說道：

「您好，文官先生！」

——施維登博格[1]

那不幸夜晚的三天之後，早晨九點鐘，葛爾曼前往＊＊＊修道院，那兒要為已故伯爵夫人舉行安魂儀式。葛爾曼並無絲絲後悔之意，但也無法完全消滅良心的譴責，良心的聲音不斷說道：你是殺死老太婆的兇手！他雖然缺乏虔誠的宗教信仰，卻非常迷信。他相信，伯爵夫人雖然亡故，但對他的生命會有不利的影響，——於是，打定主意要出席伯爵夫人的葬禮，以取得她的寬恕。

教堂裡擠滿了人。葛爾曼好不容易才擠過人群。靈柩停放在豪華的靈柩臺上，安置在鵝絨幔帳下。往生者躺在靈柩裡，雙手交叉胸前，頭戴花邊包髮帽，身穿白色綢緞連衣裙。四周站立著她的家裡人：僕役們身穿黑色長衫，肩披飾著徽章的綬帶，手握蠟燭；家屬，包括兒輩、孫輩與曾孫輩，都身帶重孝。沒有人哭泣，如果有淚水的話，那是affectation[2]。伯爵夫人已經如此老邁，她一命歸天沒有人感到震驚，她的家屬早就看她活過頭了。一位年輕的主教朗讀著哀悼文。他用平實卻也感人的修辭，描繪這個虔誠的教徒如何平安升天；他又說，這位女教徒渡過漫長歲月，一直以寧靜的方式、讓人為之動容的方式，準備好迎接基督教徒的升天。「死亡的天使找上她，」這位演說家說著，「找上這位意氣風發、一心想著行善，並期待午夜新郎[3]到來的人。」葬禮在行禮如儀中完成，氣氛卻也哀傷。親屬率先上前向往生者道別。跟在後面的是眾多的來賓，他們來向伯爵夫人鞠躬致意，因為多年來伯爵夫人一直都是他們狂歡作樂中的常客。他們之後是所有家僕。最後一個走上前來的是年邁的貼身侍女，她跟往生者同齡，由兩名年輕女子攙扶。她已無法跪地鞠躬，——於是她只能灑下幾滴淚水，親吻著自己主子冰冷的手。葛爾曼決定接在她之後，驅身走向靈柩。他跪地叩首，趴在鋪滿雲杉樹枝的冰冷地面好幾分鐘[4]。終於他站起身來，一臉蒼白，就跟往生者一樣，他拾級走向靈柩臺，彎腰鞠躬……這時他覺得，死者瞇起一隻眼睛，嘲弄地看了他一眼。葛爾曼頓時往後倒退，一腳踩空，咕咚一聲摔個四腳朝天。有人把他扶了起來。與此同時，麗莎也昏厥過去，被

1 施維登博格（Шведенборг, 1688–1772），瑞典哲學家暨神祕主義者。

2 法文，表示「虛假」、「造作」。

3 午夜新郎（полунощный жених），隱喻「基督的降臨」，這項隱喻借用自聖經馬太福音第二十五章第一節至第十三節。

4 本句俄語原文是「……躺在……地面」，但實際上卻不是躺，不過，從本句俄國人能理解，這是俄國宗教儀式的「大鞠躬禮」（великий поклон），或稱為「跪地叩首」（земной поклон），也就是趴倒在地，額頭與雙膝必須觸地。虔誠的東正教徒在大齋戒（Великий пост）期間常行此大禮，以表示懺悔。另外，根據宗教習俗，還有「小鞠躬禮」（малый поклон），或稱為「彎腰鞠躬」（поясной поклон），也就是低頭彎腰。傳統上，俄國人行「跪地叩首」之禮，象徵極度懺悔；一般俄國人在喪禮中與死者告別，僅行「彎腰鞠躬」之禮。本小說中，葛爾曼行「跪地叩首」之大禮有暗示懺悔之意。

抬到教堂門口的臺階上。這段情節給肅穆、哀傷的儀式帶來好幾分鐘的騷動。賓客中傳來一陣喁喁私語，一位削瘦的宮廷侍從官，也是往生者的近親，向他身旁的一個英國人耳語說道，這名年輕軍官是伯爵夫人的私生子，而英國人冷冷地回答：哦？

整日裡葛爾曼精神都極為混亂。他在一家偏僻的小飯館吃午餐，並且一反常態，喝了很多酒，想要藉酒消弭內心的騷動。哪知酒力更激發他的想像。一回到家，衝到床鋪，沒換衣服，倒頭便沉沉睡去。

他醒過來時，已是深夜，月光照亮房間。他看看錶：差一刻鐘就三點。這時他已睡意全消，於是坐在床上，想著老伯爵夫人的喪禮。

這時，有人在街上從窗口看了他一眼。葛爾曼對此毫不在意。一會兒他聽到，前廳有人在開門。葛爾曼以為，是他的勤務兵跟往常一樣，醉醺醺地夜遊歸來。但他聽到的卻是很陌生的腳步聲：有人走著，輕輕地滑動便鞋，發出沙沙聲。門打了開，走進一位女人，身穿白衣。葛爾曼把她看成自己的老奶媽，不禁納悶，在這個時辰，她如何能夠來到這兒。哪知這個白衣女人輕飄飄一滑，便突然來到他跟前，——於是葛爾曼認出，這是伯爵夫人！

「我來找你其實違反了自己的心願，」她說著，語氣堅定，「但是我奉命達成你的請求。

三點、七點與愛司能讓你連續贏錢，——不過，一個晝夜你只能押一張牌，不能再多，而且以後終生都不能再玩牌。我可以寬恕你造成我的死亡，不過你得娶我的養女麗莎為妻……」

說完話，她便輕輕轉過身子，沙沙地滑動鞋子，走到大門，消失無蹤。葛爾曼聽到，穿堂的門碰地一聲關上，並看到，有人再度從窗口瞧了他一眼。

葛爾曼久久未能清醒過來。他走到另一個房間。他的勤務兵睡倒在地上；葛爾曼使勁地把他搖醒。勤務兵跟往常一樣，爛醉如泥，從他那兒問不出什麼名堂。穿堂的大門上著鎖。葛爾曼回到自己房裡，點亮蠟燭，記下自己所見。

第六章

——等等，慢點發牌！

——你怎敢跟我說：「慢點發牌？」

——閣下，我是說：「請慢點發牌，大人！」

兩個靜止不動的觀念無法在一個精神世界共存，就像兩個物體無法在一個物質世界占據同一個位置。三點、七點、愛司——很快就在葛爾曼的想像中取代了死去的老太婆的容貌。三點、七點、愛司——分秒不離他的腦海，也不斷蠕動在他的兩唇之間。要是他看到一個年輕女子，便會說：「她身材多苗條啊！……簡直是活脫脫的紅桃三點。」有人問他：「現在幾點？」他答道：「差五分鐘七點。」任何一個大腹便便的男子都會讓他想到大人物[1]。三點、七點、愛司——時時縈繞在他的夢裡，以所有可能的形態出現：三點像是茂盛的大花朵，綻放在眼前；七點以哥德式的大門呈現；愛司則是一隻龐大的蜘蛛。他所有的思想匯集成一個念頭，——好好利用這個讓他付出昂貴代價的秘密。他開始考慮退休與旅遊。他要在巴黎公開的賭場裡強迫著了魔的幸運女神交出手中的寶藏。一個機緣讓他省下這項麻煩。

莫斯科成立了一個闊佬賭客協會，由大名鼎鼎的契卡林斯基主持。這個人一輩子都消耗在牌桌上，也曾經賺進數百萬的財富；他贏錢收票據，輸錢付現金。由於長期在賭場累積了豐富的閱歷，讓他受到同道的信任，再加上他的宅邸廣開大門，歡迎大家進出，還有技藝精湛的廚師、他本人親切愉快的個性，讓他贏得眾人的尊敬。他來到彼得堡。年輕人朝他所到之處蜂擁而至，常常流連牌局忘了舞會，他們喜歡「法老牌」的魅力，更勝過追逐女生的誘惑。

納魯莫夫也把葛爾曼帶來見他。

他們走過一排豪華的房間，裡面滿是彬彬有禮的服務生。有幾名將軍和三等文官打著惠斯特牌[2]；一些年輕人懶洋洋地坐在花緞沙發上，吃著冰淇淋，抽著煙斗。客廳裡一張長桌邊擠滿二十個左右的賭客，主人則坐在另一邊，正在坐莊翻牌。他約莫六十歲，一副讓人肅然起敬的外表，滿頭銀白的頭髮，飽滿而生氣勃勃的臉龐露出一團和氣，兩眼炯炯有神，又隨時帶著笑意。納魯莫夫向他介紹葛爾曼。契卡林斯基友善地跟他握握手，請他不用拘禮，便繼續翻牌。

這局進行了很久。桌上已經押上了三十多張牌。契卡林斯基每發完一次牌，都會停頓一下，好讓賭客有時間整理手中的牌，計下輸掉的數目，他會很有禮貌地傾聽賭客的要求，然後更有禮貌地摺平哪位賭客不小心摺起的牌角[3]。終於這個牌局結束了。契卡林斯基洗著牌，

---

1 大人物的俄文是туз，而愛司牌（A牌）的俄文也是туз。這裡普希金玩起文字遊戲，暗示二者都是主人翁心裡所思所想。不過，根據本詞在原文中的字尾變化與句法關係，應該譯為「大人物」。

2 惠斯特牌（вист），類似橋牌的一種牌戲，英文為whist。

3 摺角表示下注。

準備為下一局發牌。

「請讓我押一張牌吧。」葛爾曼說著，從一個正在下注的肥胖賭客身後伸出一隻手。契卡林斯基笑笑，默默地欠一欠身，謙恭地表示同意。納魯莫夫不禁笑了，恭賀他終於打破多年的戒律，並祝他旗開得勝。

「我下了！」葛爾曼在自己牌上寫下賭注，說道。

「多少？」莊家瞇著眼睛，問道，「抱歉，我沒看清楚。」

「四萬七千。」葛爾曼答道。

話聲剛落，所有人都轉過頭來，每隻眼睛都盯向葛爾曼。

「他瘋啦！」納魯莫夫忖道。

「請容許我告訴您，」契卡林斯基說道，臉上的笑容一成不變，「您下的賭注很大，我們這裡從來沒有人一次下注超過二百七十五的。」

「怎樣？」葛爾曼反問，「您要還是不要賭我這張牌？」

契卡林斯基欠一欠身，帶著同樣謙恭的同意神情。

「我只不過想奉告您，」他說，「承蒙各位同道的信任，我坐莊只玩現金。我本人當然信得過您說的話，但是按照遊戲規則，以及便於算帳起見，請您把現金押在牌上。」

葛爾曼從口袋裡掏出一疊鈔票，交給契卡林斯基，契卡林斯基迅速把錢瞄了一眼，便押在葛爾曼的紙牌上。

他開始翻牌。右邊是九點，左邊是三點。

「我贏了！」葛爾曼說道，翻出自己的牌。

賭客中傳來一陣竊竊私語。契卡林斯基皺皺眉頭，但微笑隨即掛回臉上。

「是不是現在收錢？」他問葛爾曼。

「麻煩您了。」

契卡林斯基從口袋裡掏出幾疊鈔票，馬上付清。葛爾曼把錢收下，便離開座位。納魯莫夫還沒能回神。只見葛爾曼喝下一杯檸檬水，便打道回府。

第二日晚上，他又來到契卡林斯基那兒。主人正在坐莊發牌。葛爾曼走到牌桌，賭客們隨即讓出位置。契卡林斯基笑容可掬地朝他欠了欠身。

葛爾曼等到新一輪牌局，出了一張牌，押下自己的四萬七千以及昨日贏的那筆錢。

契卡林斯基開始翻牌。右邊現出十一點，左邊是七點。

葛爾曼翻開的牌是七點。

眾人一陣驚呼。契卡林斯基也明顯露出一陣激動。他點了九萬四千，交給葛爾曼。葛爾曼淡然地把錢收下，當即走人。

再下一日晚上，葛爾曼又出現在牌桌。大家已在等候著他。將軍和三等文官們停下手中的惠斯特牌，想要親睹這場不同凡響的牌局。那些年輕的軍官從沙發跳了起來；所有服務生都聚攏到客廳。大家都圍繞到葛爾曼身旁。其他的賭客都不下注，莫不焦心等待他的結局。葛爾曼站立在桌旁，準備獨自和契卡林斯基下注對賭，只見契卡林斯基一臉蒼白，卻始終保持微笑。他們各自拆開一副牌。契卡林斯基洗了洗牌。葛爾曼抽出一張牌，打了出去，在上面押下一捆鈔票。場面宛如決鬥。四下鴉雀無聲。

契卡林斯基開始翻牌，他的兩手都在顫抖。右邊是皇后，左邊是愛司。

「愛司贏啦！」葛爾曼說道，翻開自己的牌。

「您的皇后輸了。」契卡林斯基和顏悅色說道。

葛爾曼渾身一顫。沒錯，不是愛司，而是黑桃皇后站立在他眼前。他不相信自己眼睛，他搞不懂自己怎會出錯牌。

這時他彷彿看到，黑桃皇后瞇起了眼睛，嘲弄地一笑。非比尋常的相似讓他大為震驚……

「老太婆！」他驚恐地大叫一聲。契卡林斯基將前兩天輸掉的鈔票往自己身邊一把撈了過來。葛爾曼坐著，一動也不動。當他離開牌桌時，傳來一陣嘩然。「這把押得真帥！」賭客紛紛說道。契卡林斯基重新洗牌；牌局一如往常，繼續進行。

結局

葛爾曼瘋了。他住在奧布霍夫醫院第十七號病房，從不回答人任何問題，嘴裡卻以異乎尋常地快速度，不住地喃喃自語：「三點，七點，愛司！三點，七點，皇后！……」

麗莎出嫁了，嫁給一個謙恭有禮的年輕人，他在某部門任職，擁有可觀的家產。他是老伯爵夫人前管家的兒子。麗莎也收養了一個窮親戚的女孩當養女。

托姆斯基晉升為騎兵上尉，並將迎娶公爵小姐波麗娜為妻。

關於《黑桃皇后》

宋雲森

普希金的散文作品中，最受世界文壇矚目，最讓人讀之妙趣橫生、緊扣心弦的莫過於中篇小說《黑桃皇后》（一八三三）。時至今日，不知其數的文學愛好者投入《黑桃皇后》的研究，但是這篇小說的神祕面紗始終未完全揭露。

有人說它是「新歷史主義」小說，認為作者假借小說，暗諷沙皇亞歷山大一世（一七七五——一八二五）篡奪皇位、謀殺父親保羅一世（一七五四——一八〇一）的歷史懸案；也有人主張，《黑桃皇后》是典型的「都市小說」，普希金在作品中批判人性的貪婪，以及都市貴族生活的墮落。另外，有兩種解讀方式更引人入勝，也更需要讀者發揮想像力：一是認為，本篇作品是魔幻小說；二則堅稱，它是心理小說。以下簡單介紹魔幻小說與心理小說的詮釋方式。

數字密碼：贏牌方程式

在普希金一八三四年的自述中曾表示，《黑桃皇后》出版之後，風靡俄國，就連賭徒在牌桌上都紛紛押上小說中贏牌的三個數字三、七、一（愛司牌——A）。不管讀者採用何種方式理解小說，首先面對一個問題：普希金的贏牌數字三、七、一是如何產生的。對此普希金生前從未交代，因此我們只能從側面推敲。

從歐洲與俄羅斯文化的角度而言，三、七、一都是幸運數字。首先，三、七、一皆是單數。俄國人喜歡單數，認為單數是吉祥數字（十三例外）。俄國人參加朋友婚禮、生日，或是作客，都是贈送單數的花朵。以下再分別談這三個數字。

三對俄國人而言，是代表吉祥、創造的數字，也是至善至美、至尊至聖的數字。三位一體（聖父、聖子、聖靈）是東正教（也是基督教）的主要教義，耶穌基督於死亡後第三天復活，俄國人祈禱使用三個手指畫十字。俄國民間故事或童話故事裡也喜歡使用三（或三的倍數），例如：三個兒子、三個兄弟、三個姊妹等，也通常是第三個最善良、最有智慧，也最幸運。俄國人在諺語、俗語中很喜歡使用三，例如：勸人第三次做什麼事情時會說，「上帝喜歡三」（Бог любит тройцу）；鼓勵人不畏挫折、繼續努力時會說，「沒有三番周折房子蓋不成」（Без тройцы дом не строится）等。另外，俄國人聽到或說出什麼不吉的事情，會把頭扭向左邊，連呸三次，或者在桌子或木製品上連敲三下，以免災厄降臨。

俄國人把七視為神祕、幸福、好運的數字。古代巴比倫人根據七個天體的神名，創立以七天為一周的計時法。舊約聖經描寫，上帝以六天時間創造宇宙，並規定第七天為休息日。基督教認為，天堂分七層，因此俄國成語「上了七重天」（на седьмом небе）表示非常幸福、快樂。俄國諺語、俗語中也喜歡使用七的數字，例如：勸人三思而後行，俄國人說「量七次，剪一次」（Семь раз отмерь — один раз отрежь）；為朋友不辭辛勞，俄國人說「為了好朋友走七里路不嫌遠」（Для милого друга семь вёрст не околица）等。

在俄國文化裡，一是萬能之數，是萬數之首。根據基督教信仰，上帝是唯一的真神，祂創造宇宙萬物。因此，一代表上帝、創造與權力，也表示盡善盡美、最好、首要之意。在撲克牌裡，一又稱愛司牌，俄文是туз。туз還有「大人物」、「有錢人」之意。

另外，再從普希金當時法老牌的玩法，討論三、七、一這三個贏錢密碼。若賭客連賭三把都贏，而且持續加倍下注，開始賭本以一計算，結果第一把拿到二，第二把拿到四，第三把拿到八。在此扣除賭本，則賭客贏錢的順序剛好是一、三、七。普希金本人也喜歡賭錢，對於這簡單贏錢規則，自然心知肚明。由此而知，在普希金筆下，三、七、一會成為貪得無厭、想一夕致富的葛爾曼的贏錢密碼，不難理解。

魔幻小說：鬼魂的復仇

每位讀者都會有一個疑問：何以葛爾曼在緊要關頭押錯牌，犯下致命的錯誤？若說是老伯爵夫人鬼魂的作祟，可能是最簡單的解釋。小說一開始的題辭：「黑桃皇后預示著隱密的凶機」，讓故事隨即籠罩著懸疑色彩。這懸疑氣氛貫通整篇小說，甚至不斷加強，直至故事結尾謎底才揭曉，原來是被葛爾曼嚇死的老伯爵夫人的鬼魂假借黑桃皇后的紙牌，為自己報了一箭之仇。

在東西方很多鬼故事或傳說裡，都有類似「魔鬼的契約」的情節，人類借助魔鬼的力量達成一己之私，最後也必須付給魔鬼昂貴的代價，甚至不得善終。在《黑桃皇后》裡的這三張贏錢的牌具有魔鬼的力量，也是「魔鬼的契約」。

正如小說裡描述，一想到這三張牌，葛爾曼就被「神祕不解的力量」吸引到老伯爵夫人的家：「那三張牌不可思議的故事再度浮現在他腦海。他開始在這宅邸附近來回踱步……再度來到＊＊＊伯爵夫人宅邸之前。似乎，有一股神祕不解的力量把他吸引到這裡」。葛爾曼要求伯爵夫人告訴他這三張牌的祕密時，稱這三張牌是「魔鬼的力量」、「魔鬼的契約」：「您那三張牌幫不了揮金如土的人……不論他擁有什麼魔鬼的力量」、「……它連結著深重的罪孽，連結著永恆喜樂的毀滅，連結著魔鬼的契約……我願意用自己的靈魂承擔您的罪孽。只要透露給我您的祕密就好。」小說裡，先後知道三張贏錢紙牌祕密的總共有四個人：聖柘爾曼、伯爵夫人、恰普里茨基與葛爾曼。除聖柘爾曼的下場如何，小說沒交代外，其他三人都不得善終。老伯爵夫人雖活到八十七歲，她的晚年過得卻像活死人：她活在過去，不論穿著、打扮都是六十年前的式樣；死去多年的老友，她都當成還活著；「就像舞會大廳一件難看卻又不可少的裝飾品。進來的賓客……對她再也不予理會」；「兩隻混濁黯淡的眼睛裡完全不見思惟」；她卸妝後是「死人般的臉」。最後她的下場是嚇死在葛爾曼槍下。另外一個擁有「魔鬼的契約」的恰普里茨基，落得數百萬家產揮霍一空，窮苦潦倒而亡。至於，葛爾曼是以住進瘋人院收場。

不過，擁有同樣的「魔鬼的契約」，何以伯爵夫人與恰普里茨基畢竟贏了錢，而葛爾曼卻把所有積蓄都葬送在賭桌上呢？答案是伯爵夫人與恰普里茨基得到祕密是人家心甘情願給的，而伯爵夫人的鬼魂告訴葛爾曼這贏錢祕密是被迫而為的。其實，伯爵夫人在生前，已同意透露贏錢密碼給葛爾曼：「一見手槍，伯爵夫人……點了點頭，舉起一隻手，好像要護住自己，擋住子彈」。她既舉起手護住自己，又點點頭，表示她是心不甘情不願地同意說出祕密，只是來不及說出，便驚嚇而亡。

為了履行生前的承諾，老伯爵夫人的鬼魂出現，告訴葛爾曼三張牌的祕密。鬼魂把三張牌的數字與出牌順序（三、七、A）如實說出，卻在出牌方式上玩了花樣。伯爵夫人與恰普里茨基贏錢是同一天連押三把，而葛爾曼卻中了伯爵夫人之計，分三天押出，於是最後一張出錯，落得滿盤皆輸。結果，老伯爵夫人的鬼魂也報了生前之仇。

心理小說：良心的譴責

世界著名作曲家柴可夫斯基以心理小說方式理解《黑桃皇后》，因此，他將《黑桃皇后》改編為歌劇時，將小說主人翁以發瘋收場，改為葛爾曼因受不了良心譴責而自殺身亡，作為歌劇結尾。很多文學研究者也從心理分析觀點詮釋《黑桃皇后》。他們否認有所謂的鬼魂，認為，小說裡伯爵夫人鬼魂出現，其實只是葛爾曼的幻覺。至於葛爾曼何以產生如此幻覺，那必須從當事人的個性與心理探討。

首先從個性而言，葛爾曼「具有……熾熱的想像力」，再加上「雖然缺乏虔誠的宗教信仰，卻非常迷信」。再從心理而言，對於伯爵夫人的死，他一直受良心譴責：「良心的聲音不斷說道：你是殺死老太婆的兇手！」。雖然這種自責心理大都時候被追求發財的心理壓制，卻躲藏到潛意識裡。至於為求致富而利用麗莎的感情一事，小說裡曾提到：「他內心浮現一種類似良心譴責的聲音」；麗莎後悔成為他的幫兇而痛哭失聲時，葛爾曼「心也撕裂了」。

另外檢視所謂伯爵夫人鬼魂出現當天發生於主人翁身上的事件與他的心理狀態。當天白日，由於良心不安，再加上迷信，他參加伯爵夫人安魂儀式，希望取得死者的寬恕，哪知卻看到靈柩中的死者「瞇起一隻眼睛，嘲弄地看了他一眼」，因此嚇得摔個四腳朝天。這時他因自己心裡有鬼，第一次產生幻覺。接著整天他都精神極為混亂，於是「喝了很多酒，想要藉酒消弭內心的騷動。哪知酒力更激發他的想像。」於是，豐富的想像力、極度的迷信、良心的譴責、心情的混亂，加上酒精的催化，讓葛爾曼再次產生幻覺，看到伯爵夫人鬼魂的出現。

在主人翁的幻覺中，伯爵夫人鬼魂談話的三項主要內容剛好衝著葛爾曼的心理需求而發：其一，透露三張贏錢紙牌的祕密，這正是葛爾曼夢寐以求的東西；其二，寬恕葛爾曼造成伯爵夫人的死亡，這正可解決主人翁的良心不安；其三，要求葛爾曼與麗莎結婚，則是治療主人翁愧對麗莎的良藥。鬼魂離去後，小說描寫：「葛爾曼久久未能清醒過來」，表示葛爾曼是在非清醒狀態下見到鬼魂，再度證明伯爵夫人的鬼魂是葛爾曼幻覺下的產物。

不過，這幻覺畢竟只能一時滿足心理需求，並無法真正解決潛意識中的自我譴責。這潛意識的自我譴責終於發展成為自我懲罰，讓主人翁在最興奮、最緊張的關頭，於無意識中犯下致命的錯誤，押錯黑桃皇后，滿盤皆輸。而這也符合主人翁自己的期待：「他相信，伯爵夫人雖然亡故，但對他的生命會有不利的影響。」這時他的幻覺第三次出現：他看到「黑桃皇后瞇起了眼睛，嘲弄地一笑」，讓他覺得黑桃皇后就是伯爵夫人。其實，這都是葛爾曼自己良心的作祟。

至於，主人翁何以在幻覺中將黑桃皇后看成伯爵夫人？我們可以在小說中找到不少線索。我們不妨先看看黑桃皇后的紙牌是：「一個婦人框在長方形的圖案裡」。我們再看看小說裡的伯爵夫人。葛爾曼潛入伯爵夫人房間時，小說兩次提到伯爵夫人坐在伏爾泰安樂椅上，此時的畫面是：「一個婦人框在長方形的圖案裡」。還有，葛爾曼參加伯爵夫人安魂儀式，見到伯爵夫人躺在靈柩裡，畫面應該也是：「一個婦人框在長方形的圖案裡」。伯爵夫人這幅畫面想必已深入葛爾曼的潛意識裡。因此，主人翁在幻覺中在黑桃皇后與伯爵夫人之間劃上等號，這是可以理解的。

以上簡介魔幻小說與心理小說兩種詮釋方式，但都還有漏洞或未解之謎。即使學者採用相同方法解讀《黑桃皇后》，得出的結論也不盡相同。讀者不妨參與本小說的解謎行列，這也是《黑桃皇后》引人入勝之處。

國家圖書館出版品預行編目(CIP)資料

普希金小說集 / 普希金著 ; 宋雲森譯 . -- 初版 . -- 新竹市 : 啟明, 民 105.05

冊 ; 公分

ISBN 978-986-88560-7-3(全套 : 平裝)

880.57　　105003903

普希金小說集

作者　普希金
譯者　宋雲森
編輯　許睿珊
校訂　吳岱蓉、聞翊均
發行人　林聖修

設計　Timonium lake
出版　啟明出版事業股份有限公司
地址　新竹市民族路 27 號 5 樓
電話　03-522-2463
傳真　03-522-2634
網站　http://www.cmp.tw
電子郵件　sh@cmp.tw

法律顧問　北辰著作權事務所
印刷　Printform

總經銷　紅螞蟻圖書有限公司
地址　台北市內湖區舊宗路二段 121 巷 19 號
電話　02-2795-3656
傳真　02-2795-4100

中華民國 105 年 5 月 2 日　初版
ISBN　978-986-88560-7-3
定價　700 元

А. С. ПУШКИН: ПОВЕСТИ И РОМАНЫ

ПИКОВАЯ ДАМА

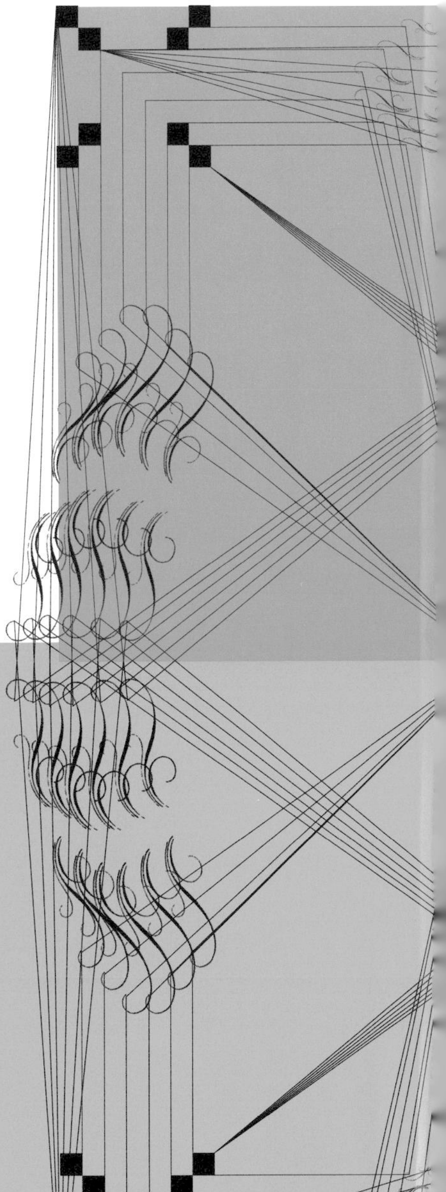

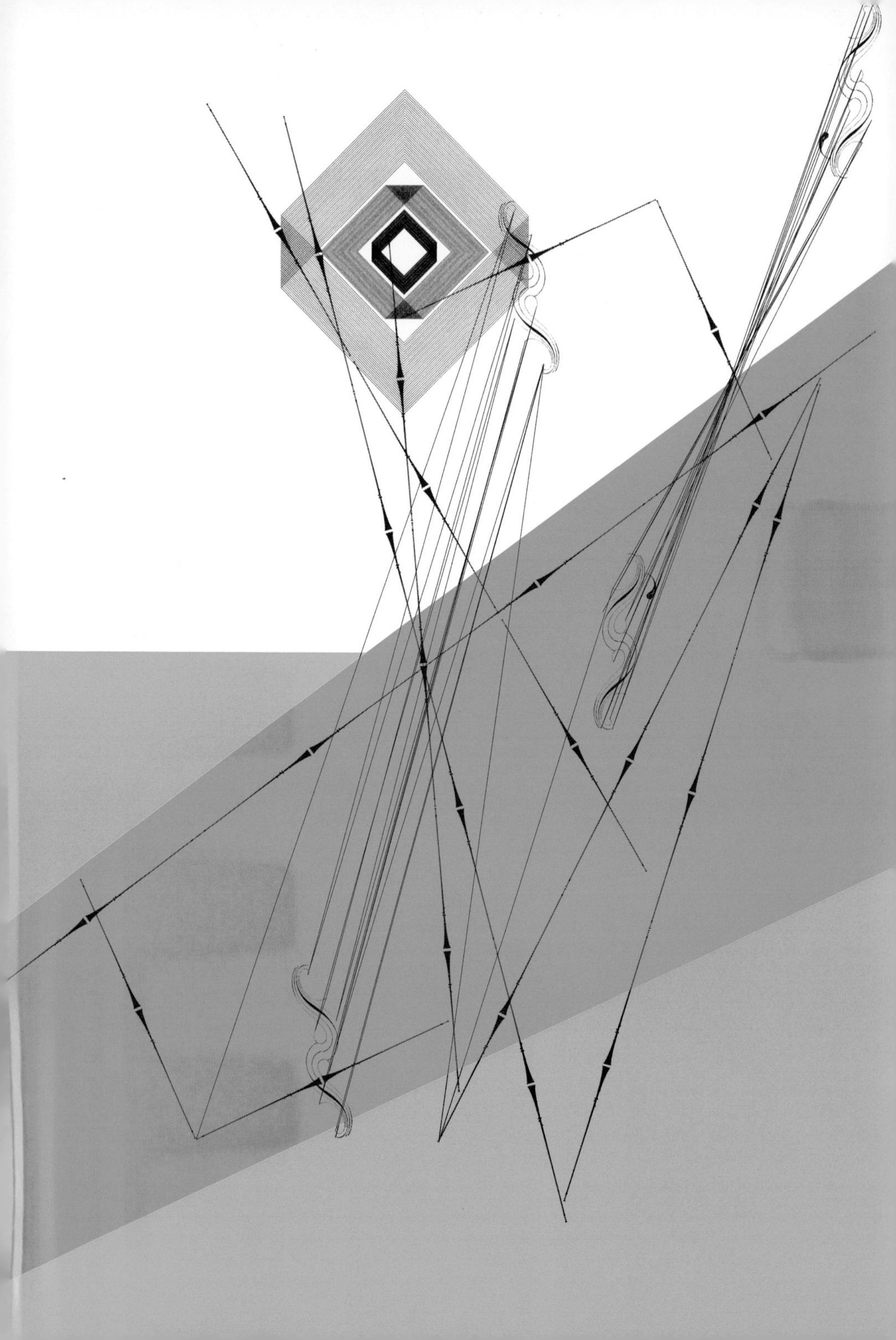

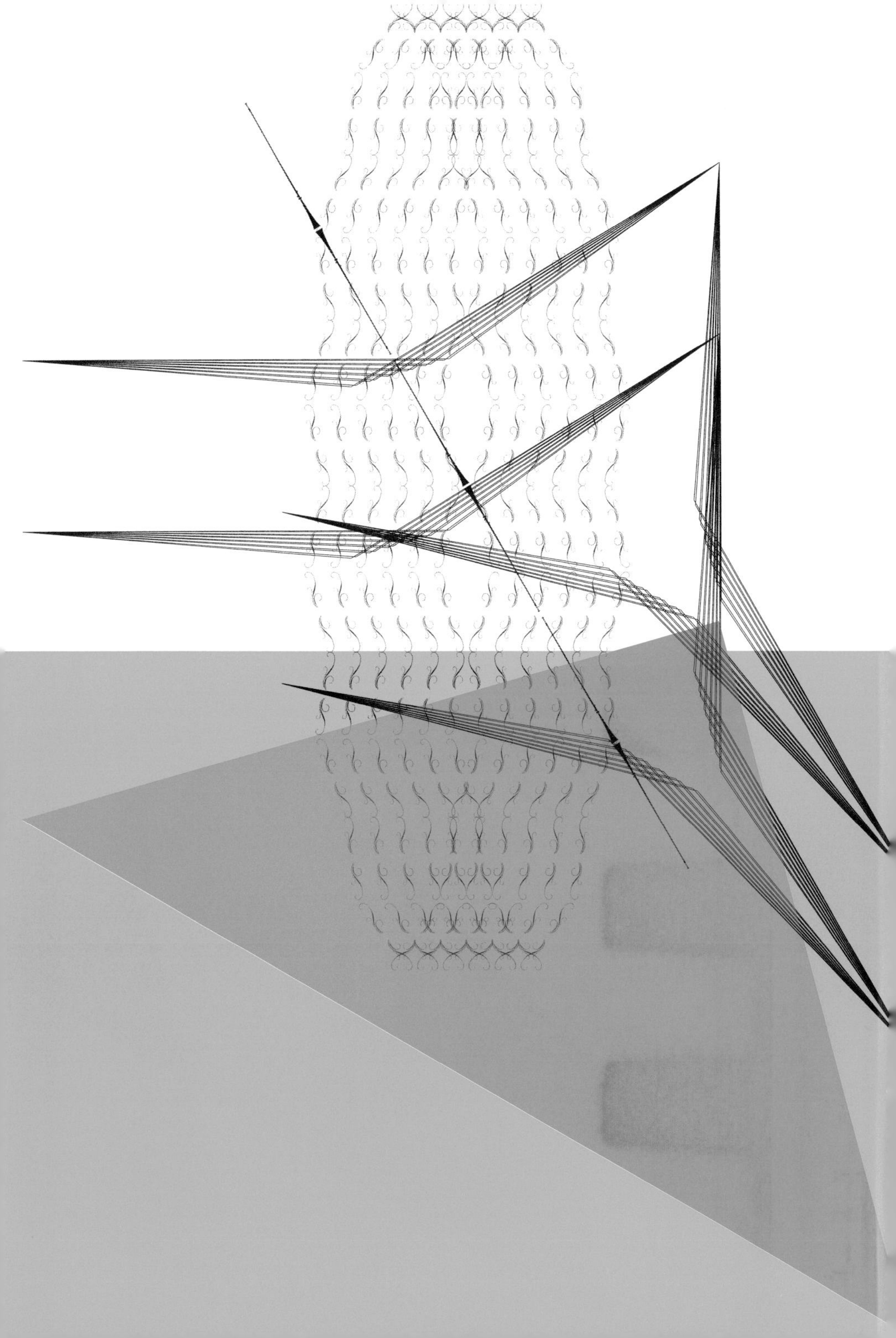